曼殊文集
——第五辑
卢卫平 \ 主编

归墟

九月 著

中国书籍出版社
China Book Press

图书在版编目（CIP）数据

归墟／九月著. -- 北京：中国书籍出版社，
2024.3
（曼殊文集. 第五辑；3）
ISBN 978-7-5068-9814-0

Ⅰ.①归… Ⅱ.①九… Ⅲ.①散文集-中国-当代
Ⅳ.①I267

中国国家版本馆 CIP 数据核字（2024）第 057182 号

归　墟

九　月　著

图书策划	许甜甜　成晓春
责任编辑	李　新
装帧设计	书香力扬
责任印制	孙马飞　马　芝
出版发行	中国书籍出版社
地　　址	北京市丰台区三路居路 97 号（邮编：100073）
电　　话	（010）52257143（总编室）　（010）52257140（发行部）
电子邮箱	eo@chinabp.com.cn
经　　销	全国新华书店
印　　刷	四川科德彩色数码科技有限公司
开　　本	880 毫米×1230 毫米　1/32
字　　数	145 千字
印　　张	7.125
版　　次	2024 年 3 月第 1 版
印　　次	2024 年 3 月第 1 次印刷
书　　号	ISBN 978-7-5068-9814-0
总 定 价	288.00 元（全 5 册）

版权所有　翻印必究

总 序

耿 立

　　曼殊文集第五辑就要出版了，这是珠海市作家协会评选的"苏曼殊文学奖"获奖作品丛书。这是一辑散文的集合，是珠海文字和生活的活色生香，它集中展示了珠海市近几年散文创作的基本样貌。

　　苏曼殊是广东近代文学的标志，也是珠海文学的精神养料，以苏曼殊为名字的文学奖，在珠海举办了多届，这些获奖作品，以曼殊文集的形式出版，届届积累，届届层叠，如一块块的砖瓦，薪火相传，建构着珠海的文学的大厦。珠海是一个诗意的城市，青春浪漫，而这些符号的底座，文学是最不可缺少的元素。

　　珠海是移民城市，不同地域、不同文化的人集聚在这片土地上，他们用文字记录脚下的生活，参与珠海的文化创造，他们其中的笔触，也常常有着悠远的故乡之思，做一些纸上的还乡之旅。比如许理存的《望乡》。童年的经历，如刀刻在他记忆的深处、那些民俗、那些乡间匠人、那些乡土的故事和人物，虽然他离开了故乡，但那个时代艰难而又快乐的农村生活，在他记忆里并没有拆除，所有梦醒时分的惆怅与回忆，都催促他用文字留住曾经过去和渐渐消失的农耕文明，给后人一个文字的路标。许理存生活在特区，他的回望在文字里，他的故乡也在文字里。

故乡不单单指物理的空间，精神的原乡，既是那个念念不忘的故乡，也指那些参与个人成长，塑造精神价值和审美取向的历史人物、文化典籍或者特定的精神瞬间。石岱的《叫不醒的世界》，这本书就是记录了他对精神原乡的美好追忆、对历史风云的深刻体会、对人生的一些独特感悟与思考，以及对爱和自由美好生活的向往与追寻。他笔下的孔子、庄子、司马迁，还有那些荆轲们，这参与我们民族精神塑造的人物，他们就是一些人的精神的原乡。

林小兵的《点点灯火》，是作为一个移民管理警察守卫国门的家国情怀的记录与思考，他记录工作和生活当中的见闻、经历和感悟，弘扬"真、善、美"的主旋律，我们从一篇篇滚烫的文字里能触摸到作者浓浓的家国情怀。再他是一个马拉松运动的爱好者，我们可以从他的文字里看出他生活的足迹，看出执着的力量，执着是信仰，执着也是能更好地认识自己、实现自己的支撑。

九月的《归墟》是散文随笔的合集，无论写人写事，还是观影笔记，她都用自己敏感的心灵透视笔下所写，无论长篇还是短制，无论读书还是游历，我们都可看出她的广博与阔大。

赵丹的散文集《归途》，是她近十年的成长历程与思考感悟。"走出荒原"是对生活的感悟与个人成长历程的记录，将走出荒原那始终如一的信念和勇气表现得淋漓尽致。"桃花源里"是对文化的思考与探索，正如"桃花源"一样，寓意作者心中保持文学初心的一处净土。"悠悠唐崖"是对童年及故乡的追忆，是对先辈口口相传的土家往事的传承，是对民族文化基因的探寻与思索，并配有唐崖土司城的相关照片，这在读图的时代，给人以有别于文字的别样体会。

一个时代有一个时代的文学，一个城市也有一个城市的文学，对文学的体裁来说，散文是最有烟火气、最接地气的文体。这五位作者的散文，最可贵的是体现了散文创作的基本伦理，那就是一个字：真。真是散文的第一规定、第一伦理，真相，真理，真实在场。

散文还强调自由，这是从散文的精神来说，从散文的质地来说，从散文的文体来说。散文没有既定的文体规范，散文的文体是敞开的，这样的无边的自由是十分考验散文写作者功力的。但散文又是同质化最严重的文体，很多人都沉浸在亲情、乡愁、风景、小花小草的书写中，很多人偷懒，就会陷入一种书写的惰性模式里，散文给人自由，有的人却逃避散文的自由，很多人依靠着一种模式，在这种模式里安逸地书写，这是散文创作应该警惕的。

所喜的是，在五个作者的文字里，我们看到他们避免了当下散文创作的一些弊病，他们都有着自己鲜明的个人面目，有着自己独特的声音。大家都在自己的园地里精耕细作，散文家最像一个农夫，戴着斗笠，赶着耕牛，无论刮风下雨，无论雨雪风霜，热也好，冷也好，专注着脚下的土地，这样的收成，是最有成色的，因为每个文字，就像一粒粒的粮食，都有着汗水的反光。

散文是一个敞开的文体，祝福五位作者的文字，都有明媚的未来。

（耿立，广东省散文创作委员会副主任、珠海市作家协会副主席。）

自　序

在珠海这些年，写东西不多。

从桂林跑到珠海，原以为可以用空间换时间。不曾想，不仅没有更多的时间，新到一个城市，陌生的空间，不知从何下手，惶然无措，刚刚长成的一点"文气"也断了。

写作梦未醒，一直坚持阅读。从曹操《让县自明本志令》、曹丕《与吴质书》，到唐宋八大家、明清笔记；从民国的闲话风，再到《荔枝蜜》、贾平凹主编的《美文》、余秋雨《文化苦旅》、白先勇《树犹如此》、陈冠学《大地的事》；从《瓦尔登湖》《寂静的春天》，到《枕草子》《方丈记》；从《沉思录》《忏悔录》，再到《伍尔芙随笔全集》《悲伤与理智》《恐惧和战栗》……古今中外，林林总总，还有小说、哲学、美学、电影、人类文化史，等等。

越读越惶恐，不知在当下的时空里，如何写出好的文章。写一写，又停下。写一写，又停下。十几年来，作品零零散散，杂七杂八，长短不一，良莠不齐。因觉得没写好，写完便忘了。多年来，未收集，未整理，很大一部分已随电脑的丢失而永远地丢失了，幸存文稿的一部分是从好友阿娟那里收回来的。虽导致我这本文集整理非常困难，质量也更低，但我并不觉得遗憾。亮丑，是接纳过去，接纳不完美。感谢"苏曼殊文学奖"评审委员会、珠海市作家协会适时地给我这个机会，同时也感谢好友阿娟，没有她，我恐怕还要更艰难。

惶惑了几年后，终于找到了"着力点"，并有了相对成熟的思路。计划写两本书。一本写珠海。用散文将珠海优美的自然风情、独特的历史文化展现出来，让更多的人看到珠海，让更多的人更深层地了解珠海。珠海，它是南国明珠，未来它将是在世界闪耀光芒的一颗明珠。而我们作为珠海人，还有很多事要做，其中就应该有写作。用我们的文字来描绘珠海、记录珠海，成本不高，但自有其不可估量的价值。

第二本写桂林。桂林是我的出生、成长地，养育了我。桂林历史文化深厚，但常常被人忽略了。譬如清初著名大画家石涛，鲜有人知他出生桂林，十七岁才离开桂林全州湘山寺上扬州。2012年，我在北京大学附近的万圣园书店买了一本厚厚的《石涛研究》，书中对石涛桂林这段历史也是一笔带过。西山公园山上路两旁，有很多的摩崖佛像，无人问津，一次看《岭南大百科》才知那些都是唐代佛像。诸如此类，有很多。我想以历史文化为主线，用散文的方式来书写桂林。让世人，包括桂林人以新的眼光来重新审视桂林，那桂林旅游业又会有一番新的前景。但写长篇散文需要每天有相对稳定的时间持续进行，工作越来越忙，身体每况愈下，计划便一搁再搁。

我害怕文字的感觉丧失，便又开始写短篇散文，接了杂志专栏，但终因精力不济写了半年就放弃了。后来又开始学习写诗。写诗不需要长久地坐在电脑前，思绪、情绪酝酿到某个点，它便奔涌而来。也许是在半夜梦醒，也许是在开车路上，打开手机，瞬间记下。

时间飞逝，是时候重新回到轨道了。当然，要把这些计划完美呈现，还需要我做更多的积累、做更多的思考，还需要我身心健康，还需要我有足够的时间。

当然，在新媒体横空出世的当下，还有多少人有耐心去阅读文字，也是大家质疑的一个问题。无论视频、音频如何发达，文字巨大的艺术魅力、张力是无可替代的。可能它会越来越小众，但它会在。也许在人类某个困顿的时期，它又会焕发出它本有的活力。

不管如何，我会不遗余力，沿着这条小路一直走下去。

是为序。

九月于 2023 年 6 月 6 日夜

目 录
CONTENTS

这样的午后 / 1
虚 岩 / 4
忆王蒙夫人崔瑞芳 / 8
文 朝 / 11
符师傅 / 15
美女梓铱 / 18
紫荆花开 / 20
闲看庭前花开落 / 23
门外池塘 / 26
北 山 / 29
门前花事 / 32
我的小屋 / 35
关于秋月 / 38
绿 萝 / 40
夜游岐江公园 / 43
长南古径 / 46

珠海印象　/　50

走进古东　/　53

大圩古镇　/　56

油　茶　/　61

爱书情结　/　65

银　坑　/　68

河西走廊散记　/　70

那一段时光　/　84

山中殇逝　/　97

怒江旧影　/　120

让子弹飞　/　145

南京！南京！　/　148

读《狼图腾》　/　152

"创作"小记　/　155

给××的信（一）　/　158

给××的信（二）　/　161

给××的信（三）　/　165

给××的信（四）　/　168

给××的信（五）　/　171

给××的信（六）　/　175

给××的信（七）　/　178

给××的信（八）　/　181

给××的信（九）　/　183

附录：组诗三十首　/　186

这样的午后

秋阳浓烈如酒。小区里很安静，没有人声，没有车沸。躲在高高住宅楼阴影下的几个老人，安静地摸着纸牌。

母亲去姑姑家了，客厅里偶尔传来父亲的咳嗽声。父亲劳作一生，整日忙碌在田地山林间，时下老人们喜爱的纸牌门球，父亲一样都不会。在我的记忆中，偶尔一点点闲暇时间，父亲总是在看书，小人书，大部头，我们兄弟姐妹们的课本，父亲都看的。现在，父亲跟我蛰居在这"半空"中，没有房前，没有屋后，楼上楼下都是别人的家，只有中间这一点点空间是属于自己的。多年了，父亲依然不能适应。只有偶尔老乡来串门闲聊，父亲才有了些生气。而我好静，不喜应酬。每当家中有客人，不快就挂在了脸上。父亲也渐渐不再约老乡来家中高谈阔论了，而是在天气好的时候，约上老乡去野外走走。更多的时候是看书累了，便默默地坐着。此时的父亲大概又在看着窗外，闲闲地坐着罢。

我从来没有想过，父亲静默的时候在想些什么。

在这样寂静的午后，唯有父亲的咳嗽声与我相伴，才忽然间想起了父亲的从前和现在。

父亲是长子。爷爷死后，十三岁的父亲便开始支撑起这个家。奶奶是柔柔顺顺的性子，说话都不大声。三个弟弟一个妹妹年纪都小。孤儿寡母，连自个家族的人都要欺侮。随着年轮一圈圈碾过，父亲脾气也越来越暴躁，家里老老小小都怕他，外人也有了些顾忌。家里穷，父亲唯一的一条裤子烂了，连打补丁的布都找不到，只有将裤腿撕下，补到屁股上。在这种情形下，父亲仍坚持送弟弟妹妹们读书的读书，学医的学医。然后又张罗着替弟弟妹妹们成家立业。待都安顿好了，日子好过了，才将家分开来，送我们兄妹四个上学，直至每个都有了一份正式稳定的工作。

有一休息日，问父亲愿不愿意跟我们去漂流。父亲说，这一辈子"漂"够了。那时送叔叔姑姑们读书，挣钱的唯一途径就是将山里的杉树和竹子扎成筏子，在春日里乘着水大的时候沿着河流撑到山外去。水势越大，就越快，挣钱也越多。但很危险，每年都有人在那条河里出事。但凡能过日子，是没有人愿拿命来撑的。父亲每年都去，母亲便一边操持着家里的一切，一边提心吊胆，直到父亲平安回来。当我穿着救生衣坐着橡皮艇慢悠悠地欣赏着沿岸的风光时，我想起了穿一身破衣裳，一双草鞋，拿着一根长长竹篙在急流险滩中奋力撑的父亲，身上湿漉漉的，总是旧伤未好，又添新伤。

好久不下雪了，去年下了一场雪。激动的人们班也不上了，学也不上了，都跑出屋外在漫天飞舞的雪花里兴奋地尖声叫喊。父亲静静地坐在屋里，烘着炭火，看着窗外。以前，父亲看着下雪了，总是急急地背着筐拿着袋往山上跑。那长在树上的一朵朵香菇，是父亲为我们积攒的学费。父亲怕它们冻坏了，便冒着雪在高高的山岭上攀爬采摘。

父亲总是风风火火，太多的活要干了，只要谁动作稍慢了些，便要大声斥骂。所以，在父亲面前我们总是小心翼翼的。

现在不再惧怕父亲。偶尔听到父亲说一些不愿听的话时，我总是打断父亲，父亲便默默地不再言语。昨天父亲从老家回来，不知堂妹做错了什么，好些年不骂人的父亲又在骂人了。我重重地将房门关上，父亲便没吭声了。晚上吃饭时父亲重重复复说着老家的一些事，我就故意大声说些别的。父亲看看我，便埋下头吃饭没有再出声。夜深人静时，我听着父亲与母亲仍在房间里细细地说着些什么。

秋阳已经渐渐地淡下去了，母亲还没有回来。

厅里的父亲大概已经睡着了。

虚 岩

　　山上樱花一开，傈僳族要过阔时节了，怒江家家户户开始杀猪。周末，玉灵书记叫我们珠海来的几个蹲苗干部去他家里杀猪。从鲁掌镇还要往上走，海拔三千米，景色定是优美的。我没有去，我应虚岩的约，和他去一家白族人开的小餐馆喝酒。当然，主要是他喝，我象征性地陪一下。我撒了谎，撒的什么谎我忘了。我若说了实话，他们必拉着我和虚岩一起，浩浩荡荡去杀书记家的猪。

　　这是我跟虚岩的第三次见面。第一次，我们刚到怒江，四五桌人，我完全弄不清楚谁是谁，场一散，便彻底地忘了。虚岩再三提起，我也没想起来他在哪一桌，可曾碰过杯。第二次，是杨大哥叫我们这些外地在怒江挂职的、扶贫的、蹲苗的干部去杀猪。一大锅肉摆在水泥地上，碗、筷子摆在地上，几大桶苞谷酒摆在地上。坐我旁边的是虚岩，有人介绍他是从昆明来泸水挂职的副市长。不知怎的我们聊起了文学，大概是当时有人介绍他是诗人。虚岩是个真诗人！在这僻壤之处，实在是让我意外。文学艺术被边缘化多年，纯纯正正看书、思考的人不多了。在珠海，我也难以找到一个像虚岩这样可以交流读书的人。

此后，我们常约。去了几次藏民开的饭馆，那里有我爱喝的奶茶，更主要的是安静，可以边吃边聊，吃完不用挪地，我喝着奶茶、虚岩喝着酒继续聊。晚上十点左右，我打车回镇上，有时候是镇文化站站长学珠和她老公顺路来接我回镇里。

更多的时候我们在路边某个小店，吃完再去酒馆。怒江几乎没有茶馆，好不容易有家咖啡馆也主要是卖酒。山上到处挂着大串大串的咖啡，农民院子晒着满地咖啡，但咖啡馆的主角却是酒，咖啡只有三合一速溶。虚岩无论在哪，喝的肯定是酒，茶没味，咖啡更没味。我没见他醉过，感觉他就像一个深不见底的酒坛。除此以外，他看书，主要是诗歌，还有西方哲学。他手上一本韩国诗集我想看，他便把它送给了我。我把阿巴斯《樱桃的滋味》送给了他。阿巴斯是著名导演，但本质是个诗人，他以诗的方式拍电影。《樱桃的滋味》谈的是电影，但大段大段地在讲诗歌，讲得比许多诗歌理论更深更透。虚岩说，果真是本好书。他对诗歌的阅读与理解是我远不及的，他给我推荐了《坛子轶事》，辛波斯卡的《万物静默如谜》。佩索阿在诗界知名度太高了，我也还熟悉，便就他的诗，喝苞谷酒，喝荞麦酒。

与虚岩聊天，让我文字的那根神经慢慢接了起来。在这之前，近两年的时间，我什么也写不了，发微信的一两句话常常词不能达意。这让我很痛苦，如一个哑巴，拼命张嘴却无论如何出不了声。一次聊完回到镇里的住处，窗外明月照着大地，我突然间迅速写下了《月光缓缓流淌》。这，应是我目前为止最好的一首诗。

　　虚岩的诗，是用平实的语言，以叙事的方式表达情感。受他的影响，我的诗风也从传统抒情向叙事抒情转变。其后写的几首诗，都是在朝叙事方向努力。虚岩，帮我打开了诗歌的另一扇门。

　　离开怒江那天，虚岩发微信说想送我，想把他一直带在身边多年的佩索阿送给我，但不好意思来。在旁人看来，不送土特产，送本又旧又破的书，不说他是疯子，也会暗想他神经不正常。可我知道，那是他的"圣经"，是他最珍视的宝物。

　　我们也会有一些应酬场合碰在一起。这种场合，没有人聊文学哲学，也没法聊。他是沉默的，坐在"副市长"的位置，别人和他说一句，他便说一句，别人敬他一杯，他便喝一杯。偶有人嘲讽"诗人"，他微笑不语，我会站出来维护，有一次差点与人吵架，这完全不符合我凡事承让不愿破坏和谐氛围的天秤性格。诗歌是最接近神性的艺术，诗人也是最靠近神的人。他们内心纯净，装着美与爱，敏感而脆弱。这也是为什么诗人常常自杀，他们内心世界与外部世界冲突到他没有办法继续活下来。当然，虚岩不会。虚岩做过省领导的秘书，但直至现在还是省直机关一名副处级干部。虚岩，早已百炼成"虚岩"。与其说维护他，不如说是在维护内心深处的自己。我们在名利场中都显得局促、不合时宜，明知要为但不为。虚岩不伪装，在哪他都是个诗人。我是伪装者，在外总是一副大方热情、应对自如的样子，实际上身心俱疲。面具,总是沉重的。伪装得再好,也逃不过杨大哥搞侦察的眼,他常笑话我,但我知道,那是深深的理解与关爱。

虚岩周末总要去爬山,一个人带上馒头无所事事地在山上行走一天。这大概是他平衡内心的方式,在大自然中,与风、与树、与山石对话,修复一周中被撞得七零八碎的自我。我喜欢宅在家里,不接电话,不见人,清扫屋子,打理一下花花草草,坐下来,点一根香,煮一壶茶,看一本书,把被外界各种事物抓扯得乱七八糟的心神归回原位。

前段时间,虚岩结束挂职回了昆明。

没事的时候,虚岩大概会微驼着他的背,在昆明的大街上无所事事地行走。

人们没看见虚岩,虚岩也没看见人们。

忆王蒙夫人崔瑞芳

2012年3月23日。

回到京师家园，天已麻麻黑。车开进停车棚，便听到奇怪的似鸟非鸟的叫声，一边停车、熄火，一边诧异这是什么声音。车门一关，一群鸟呜哇呜哇地从草丛里扑腾起来，原来是乌鸦。心，顿时不安起来。

第二天，便接到彭秘从QQ上传来的消息：崔老师昨天走了。

那年2月，彭秘与我说，王蒙先生可以来珠海文化大讲堂再做一次讲座，我特别高兴。和彭秘很快沟通好，定在3月12日。没过几天，彭秘来电说要延迟，崔老师病了。又过了几天，我有些焦急，便打电话催问。彭秘说，可能来不了了，崔老师病情加重。我以为崔老师只是普通的病，没想到是肠癌晚期。

崔老师和王蒙先生的爱情，早就是文坛久传不衰的佳话。我第一次见到崔老师，是在2007年，珠海文化大讲堂请王蒙先生来讲座。那几天，领导们因其他公务，脱不了身，接待事宜就全权交给了我。我真是愁啊，名气这么大，级别这么高，我一个小小的科级干部,如何接待得了。尽管事先做了很多的安排,但在具体过程中,还是有诸多的不尽人意,但王蒙先生、崔老师、彭秘,始终没有任何不快,彭秘看我忙不过来,还一起帮着我张罗。尤其是崔老师,每次事情不能按安排的落实,她总是说:"没事,没事,这样挺好的!"没有任何责备的语气与表情。

与崔老师相处的那些天里,我感觉到她身上存在一种用"温和、慈爱"等词语无法概括、用语言难以表述的东西,总是让你想离她近些、近些、再近些,甚至是靠在她的身上。我不是个容易和别人亲近的人,特别是那些名高利重的人,可我却很想时时挽着崔老师的胳膊。可惜我没有太多的机会,她与王蒙先生上下车总要互相叮嘱小心,走在路上,也常常牵着手,哪怕一个低低的一两厘米的小台阶,也要互相搀扶:后迈的稳稳站着当扶手,迈过去的站稳,扶着另一个迈过来。看着他们的身影,除了深深的感动,还让我相信了这世间有着我所想象的那种真正的爱情——坚若磐石的,永恒的!我想,在他们近六十年起起伏伏的人生中,正是这种互相的依靠、细心的搀扶才一步一步走过来的。

崔老师多次叮嘱我,秋天的时候去北京,到他们山里的院子里去打核桃。这是一件多么令人神往的事:秋天,北京最美的季节,又是北京的山里,那当是北京最美的秋天;还有我从没见过的核桃树,可以用长长的竹竿将核桃赶下树来!哦,光想想,都是美的。这几年中,我去过好几次北京,但没想着去叨扰崔老师,连电话都没打。我想以他们在文化界的地位与影响,一天不知有多少电话,有多少问候。所以,不问候,就是最好的问候。但我从来没有忘记核桃树,忘记崔老师,忘记她与王蒙先生相互搀扶的身影,那份温情与美好一直深藏心底,温暖着我的人生。

如果说每个人都有一个气场的话,崔老师的气场是静静的、暖暖的,犹如冬天的太阳。跟她在一起,永远是舒适而温暖的。我想,这就是无论时代如何纷纭变化,她与王蒙先生始终不离不弃,直至晚年仍如恋人般甜蜜相处的一个因素吧。谁愿意舍弃冬天的太阳呢?

我常常想,对一个女人最高的奖赏,不是名利与地位,是她深爱的为之付出一切的男人,也能一生情真意切地深爱着她。崔老师用她的善良、笃定与智慧,拥有了这个最高奖赏!所以我想,崔老师离开时虽有万般不舍,但仍是心满意足的。

回想崔老师一生的为人与处事,无不散发出人性之美、女性之美的光辉,这种光辉又经岁月的洗涤、沉淀,如一泓清水,又如一口深潭,让我深深地叹服与着迷。在我的心中,她才是真正的美人!在得知她仙逝的那些天里,脑子里出现最多的就是她远去的图景:无风,天安地静,坐在仙鹤背上,微笑着,悠悠而去!

文 朝

文朝是诗人、国美客座教授，也是当代艺术评论、策划人，北京798的闻名于世，有他的功劳。认识文朝，缘于虚岩。虚岩从昆明到怒江挂职，我从珠海至怒江蹲苗。因为诗，一见如故。聊诗歌，聊电影，聊音乐，他乡遇"故"知。

怒江想请国美、央美在贡山的秋那桶建创作基地，州里的分管领导让我帮忙联系。兜兜转转找了好些人，虚岩的朋友文朝才是最合适的。他常年带着美校的学生四处搞社会实践，在风景优美、民族风情浓郁的怒江有创作基地，也是他们非常愿意的事情。我于2017年12月18日结束怒江蹲苗回到珠海，恰逢文朝在深圳，19日他即从深圳到珠海，相谈甚欢。文朝是云南丽江人，了解怒江，他认为，怒江自然、人文独特，在老州府所在地知子罗弄个国际艺术节，便可把怒江带入国际视野。非常好的创意，我非常赞同。我们还聊及泸水的老县城，横亘高黎贡山山腰的鲁掌镇，原汁原味地保留了五六十年代的样貌，现空空荡荡，特别适合做影视、美术相结合的综合艺术小镇，带动怒江旅游业的多元化发展。但未及我们计划开始实施，嘱我联系的领导调离，我也再未回怒江，此事不了了之。

我和文朝自此相熟。

2019年6月，他被珠海邀来做美术"百岛计划"，每日在各个海岛巡桓。周末回市区，画家俊彦开车陪他，两个男人，晒得黑黢黢的，带着小破草帽。我陪他们去会同古村、唐家湾古镇晃。晚上，文朝说要在共乐园露营。我说黑乎乎的，你不怕啊？

他说不怕。我把他放在了共乐园门口。晚上发来微信，宿观星阁了，月光很好。第二日晨来微信，说半夜想起少川被斧头劈死状，忽觉惨风阵阵，有不可久留之感，仓皇遁出。卷铺盖宿日月贝大剧院对面的情侣路了。

疫情三年，文朝没来珠海，我们没见面，但时不时在微信上打嘴仗。前些天，我说我想看看你之前的诗，看不到了。他说，过去种种电光泡影。我知他这句来自《金刚经》"如梦幻泡影，如露亦如电"，便回"有有泡影，才有无泡影"。

文朝的诗好，活脱，意象广阔、幽邃，形式上也总有新意。他在珠海海岛巡桓时写了不少诗。

    有时候寂静蔓延
    另一些时候就要加倍的喧嚣
    加倍浓绿和深蓝
    晚霞也如是一样
    她将慷慨地覆盖海平面

占领每个人和他的朋友
从大屿山到这里再到桂山岛
会有一种无主义的共斗和打倒发生

月亮大哥升起丈八蛇矛
云势
如破秦
长安万户捣练其实是一种抗议
蜘洲岛，何止八万吨废物可捡
还有四十个老乡一百条野狗
他们运气，黝黑的肩膀扛山入海
黝黑的肩膀
倚靠在臭烘烘的竹席上起伏

这是他写珠海海岛我最喜欢的一首，意象从宁静幽美，不断地叠加，叠加到"扛山入海"的气势。不能再读他的诗了，再读下去，我写的那些就只能碎入马桶了。

文朝的文也好，短短的几句话，够哑巴玩味好几天。2019年，俊彦珠海画廊开幕首展时，他写的短文，极有意思：

"珠海艺术制造：1979—2019"，作珠海画廊的开幕首展，没毛病。

没毛病，但有语病。

"语病"的意思是，如果是我，会优先考虑"制造珠海"这个说法，其次才是"珠海制造"，至于"艺术"这个词，我肯定毫不犹豫地扔海里去，尽量扔得够远：这个词要不是死过一遍最好别再用了吧？我的意思是，它要是没给溺毙，还能从海里自己游回来，还能上岸，还能光芒四射再说。

尤其是说"艺术"这个词的几句话，精辟、深邃，切中了当下"艺术"这个词被滥用的时弊。

最近一年多，文朝一直在丽江改造他家的老院子，小剧场、舞台、酒吧、咖啡、菜地，还有六间房。昨日来微信说，进入装修阶段了，年底有望邀请我去玩。

我很期待文朝的"精品力作"面世。我要趁早去，因为估计要不了多久，他的院子大概就会成为丽江旅游新的打卡地，人潮涌动。

符师傅

院子没有落叶,门口放着青菜。符师傅来过了。

多年前,在院子种草皮,但隔段时间就黄了。第一次,以为是草皮不好。第二次,以为是地不平、积了水,请人打了几个洞,让雨水往外流。第三次,卖花的人告诉我是虫子。一种看不见的虫子,让草日渐萎黄。杀虫、剪草我都不会,有人便介绍了符师傅与我,他在这个小区管着几十个院子。符师傅一周来两三次,杀虫、剪草、施肥、浇水,有时候是他太太来,一个高大健硕勤劳的女人。我只管买、只管种。三四年下来,鞭炮花围着围墙长成了一堵长长的花墙,一到春节前后,便惹来人拍照。青草悠悠,浅池清流,芙蓉落了,茶花开,茶花落了,紫薇开。不关院门,狗也来,陌生的人也来,站在门口观望。

我搬走后,符师傅打来电话,说要来看我。与二叔同龄的老人,我没敢让他来。

为了重新有个小院,我把市区的公寓卖了,又跑到镇上来买了一处二十多年的旧房。办完更名过户手续,正好我要去云南怒江"蹲苗"三个月,便打电话请来了符师傅,请他帮忙照看。我把钥匙给符师傅,他眼睛一红,掉泪了。

内部要重新装修,格局要做一些调整,工程量不小。我开始犯愁,单位在吉大,住在南屏,房子在唐家,不堵车,来回车程两小时。符师傅看我蔫蔫地坐在院子台阶上,说你不要愁,杂七杂八我能做的事,你都交给我。定下装修公司,画好设计图,开始施工。每日照看、杂琐事一概交给了符师傅,我下了班才过去,看看施工是否符合要求,材料对不对,解决图纸没有考虑到的一些细节问题,也常常要忙到晚上九点十点,再开车回南屏。折腾了大半年,装修总算基本完工。未等到窗帘装好,我便搬了进去。因为走路已感觉不到脚踩地面,身体再也经不住这样来折腾了。

符师傅担心我钱不够,告诉我他那有八九万保险,年底就可以取出来了。我很感动。但我就是睡地上,也不可能去动他老人家的养老钱。

花园照旧由符师傅照看,每月一百七,不肯多收一分钱。园子是旧的,不是这里松了,就是那里掉了,过了一两天就修好了,我便知道符师傅来过了。

符师傅大概是劳累过度,常常腰疼得起不了身,他便嘱他太太或儿子过来。我早出晚归,但只要看到浇水水管整齐地码放在墙边,我便知道是符师傅来的,他的腰不疼了。

他太太过来,我在家的时候,我们会闲聊几句。听他太太说我才知道,符师傅是孤儿,自幼体弱,六岁便无父无母,跟着伯父长大，现在带着两个儿子在珠海，孙子也有好几个了，但他依然是家里收入最稳定的。太太带孙子、种菜，常帮着符师傅干点重活。

我妈最不放心我在外的吃，什么都有污染，什么都有农药，尤其是青菜，她让我买番薯叶、南瓜苗，这些不用杀虫，其他叶子菜少买或不买。自从我搬来，符师傅隔三岔五地在门口放上他们自己种的没有污染的青菜。看我在院子里种葱，每次送青菜时会加上几棵葱，有香菜时放上几棵香菜。上周末，他过来，我说，符师傅你告诉我菜地在哪，我自己去摘。他说，那太好了，你想吃什么就拔什么。让他别送，他会认为我嫌弃，随他送，可年岁那么大，每日那么操劳，还要操心着给我送青菜。认下菜地，自己去是最好的。

一晃，认识符师傅竟十年多了。我却还不知道符师傅的名字，我从未问他，他也未曾说起。

希望符师傅健康长寿，再帮我照看十年的院子。

美女梓铱

侄女一落地，哥便开始左翻右查地为其取名，取了几个都不理想，便叫我这个学中文的姑姑给取个名。自 20 世纪 80 年代琼瑶小说在大陆风行以来，女人味十足的名字取的人腻了，听的人也腻了，也有些俗气，我觉得女孩名字还是偏中性一点好。

再者，经过这些年的摸爬滚打，多愁善感的我尝尽了酸甜苦辣。我希望小侄女不似我这般拘谨内敛，愁肠百折。望其有良好品格的同时，开朗、活泼、大方，甚至大大咧咧一些，这样会活得更开心。

经过几日的推敲，我取王维诗句中"竹喧归浣女，莲动下渔舟"的"竹喧"二字为侄女之名。望其有竹之品格，喧闹外向之性情。有其出处，又不俗气，与"何"姓相连也朗朗上口，便定其为侄女之名。

最终侄女没有用这个名字，有长辈说侄女命里缺金和木，名字要有金和木，便取名为"梓铱"。我的心里总是有些许遗憾，母亲说，名字不怕丑，只要叫得久，何况这名字也挺好。

梓铱走路比同龄孩子晚了一两个月，我们不免有些着急，把她丢在墙边靠墙站好，强迫她学习走路。她老老实实地站在墙边一动也不动，嘴里不停地说"怕怕怕"。再抱她到墙边时，她把双腿弯曲起来，始终不肯着地。在我们叹其胆小如鼠时，有一天她突然自己稳稳当当地走了起来，把我们都吓了一跳。再过些时日，她已不喜履平地，沙发上、桌子上、窗台上，能爬多高就爬多高、丝毫不惧，真正的初生牛犊不怕虎。

梓铱说话也较晚，现在只能说些简单的词汇，但比上个月要进步多了。原来总叫我"嘟嘟"，现在已能清晰不费力地叫"姑姑"。记忆力却出奇地好，很多东西教她一遍便能记住。每个周末回家来，她总要人抱到我的床上去玩。那一天，我要她自己爬上去，她咿咿地用了很久的劲，小脸蛋憋得通红还爬不上去。我拿来一张小矮凳，让她踩在上面，她轻轻松松就爬了上去。第二个周末回来，她径直搬来那张小矮凳就爬到床上去了。

梓铱天生爱跳舞，没有谁教她，从她往上查五代都没有谁爱跳舞。可她一听到音乐响，就翩翩起舞。起初，只是跟着音乐扭扭屁股，摆摆头，经常还因站立不稳而摔在地上，看着她憨憨笨笨的模样，我们都忍不住大笑，她回过头来看看我们，又自顾自地沉醉在她的"舞姿"里。现在她已能手舞足蹈，还笑眯眯的，露出两个可爱的小酒窝，真可谓"神形兼备"矣。如果你问："谁是美女？"她准会指着自己的鼻尖答："铱铱！"看着她活泼可爱的模样，我已无点滴遗憾。我甚至有点庆幸：如果再喧闹一些，我们的美女梓铱岂不成了假小子？

嘿，美女梓铱一岁零七个月了！

紫荆花开

珠海这个城市，最有特色的怕是紫荆花了。

第一次到这个城市，看见到处都是艳紫紫、婆娑娑地一大片。我很惊奇这么多高大的树，开那么多，那么艳丽的花。

同事告诉我是紫荆花。

我一直喜欢小巧质朴清新淡雅的花，对那些艳丽是不上心的。

这个城市的紫荆花太多了，哪都是。办公室的窗外是，宿舍的窗外是，路的两旁是。无论站在哪个角落，你视线所及的范围内，肯定会有她的影子。但直到我走，我都没有记住她的模样。只是，见她还紫紫地绚烂着，很惊奇她花期的久。半年了，居然还没有凋零的意思。

去年 5 月重新来到这个城市的时候，紫荆花已开始绚丽在我的窗外。到现在，已是来年的 3 月，紫荆花还在枝头。

一日清晨上班，走过紫荆树下，蓦地见停放在树下的每一辆车上，都飘满了一瓣瓣紫色的花。那么多的花瓣，就那么轻轻地,或仰,或侧,或俯,千姿百态地依在车上。如此地娇媚,又是如此地自然。这些车什么时候如此美丽过?什么时候有过如此美丽的车?如果我做新娘,定会努力将那花车打扮成这般模样。偶尔,还会有那么一瓣,从枝头轻轻地飘落,沾在行人的头发上,衣服上……一个这样喧嚣的城市,在这样的清晨里,竟忽而有了些山中的野趣和诗意。

以后的清晨,不再去挤乱哄哄的公交车,在晨雾里,沿着紫荆树下一路走去……

看着那一地紫荆花瓣,我又害怕自己踏着了她们。那么娇美的身躯,怎忍心让她转眼成泥?我只有小心翼翼地用脚尖轻轻地、轻轻地踏在花瓣间的空隙处,一步一步前行。车辆从身边呼啸而过的声音渐渐消失,我听见花瓣从枝头轻轻飘落的声音,听见她们树上树下轻轻柔柔的私语声……

一缕缕若有若无钻进鼻息里的淡淡清香味,是叶的香味,还是花的香味?我无从分辨。

走过这样的清晨有多久?我想不起了。

日日清晨,似乎有着飘落不完的花瓣。

紫荆,莫不是一边飘落,一边绽放?

我租住的屋子,无论在厅里,还是在房间里,一眼望出去都是紫荆花。紫的花瓣,绿的叶片儿交织着。每日将我叫醒的不是闹钟,而是那在花瓣绿叶间快乐啁鸣的小鸟们。躺在床上,偶尔也能看见它们的身影在我窗前飞上飞下。但更多的时候是只闻其声,不见其影。

休息日，关掉所有的电话，把椅子搬到阳台上，书搬到阳台上，泡上一杯玫瑰花。斜斜地躺在那，目光所到之处都是紫荆。一大片，高高低低，花瓣从叶片里露出来，或叶片从花瓣里探出去。阳光懒懒地从缝隙里穿过，照在阳台上，阳台上便没了早春的寒意，有了些斑斑驳驳的温暖。小鸟们在树叶花底间欢叫着窜来窜去。就着这些，读诗，读画，读散文。常读着读着，我就在不知不觉间睡去，做起梦来：似乎是在与世无争、快乐的远古洪荒时代；又似乎是在安徒生美丽的童话世界里……此时的我，应是最美的吧？睡在这花绕鸟环的寂静里，脸上是一抹甜甜的，浅浅的笑容。

而昨夜，深夜时分，竟下起了少有的大雨，噼噼啪啪又急又粗地敲打着雨棚。我担心起紫荆花来，那些柔弱的花瓣，哪堪如此的风雨？怕是要红英落尽了。

一夜，竟无法再入眠。

雨声，是在曙色欲露时，才慢慢地小下去。天明时，我急急地跳下床，拉开窗帘。窗玻璃上、窗台上，到处沾着紫荆的花瓣。而那绿叶枝头，一簇簇的紫色还在雨露中摇曳，却比平日里还多了些清新，多了份亮丽。

人们都说，这是一个四季鲜花盛开的城市。

让这个城市一年四季盛开的，是紫荆花！

闲看庭前花开落

单位所在的 S 楼重新装修，我们搬到了石景山脚下的这个小院。一条小路，七弯八拐。若头一次来，不反反复复打电话问，十有八九找不着。虽然诸多不便，但正因偏居一隅，才有了这难得的宁静，我很喜欢。

小院不大，有些陈旧，都是些建于 80 年代的老房子，没谁刻意去做"绿化美化"。可是，不易被人踩着的角落，花啊、草啊，挤着长。上帝是偏爱南方的，种子在这儿，只要落在了泥里，便总会长得枝繁叶茂。

小院里个头最高的，是两株比三楼楼顶还高出一截的白兰花。白兰花一年开两次，一开起来，白色的小喇叭排成一串串，一嘟噜一嘟噜地从叶片底下冒出来，虽不像木棉花那般触目惊心，但那一树密匝匝的花，也够让人惊奇的。更难得的是，它四溢的香味虽然浓郁，却带着些清甜，不似紫云英那般，闻久了便会头疼。蜜蜂们不知从哪跑来了，嘤嘤嗡嗡地忙个不停。蝴蝶也来了，红的、黑的、色彩斑斓的，绕着树飞来飞去，成了这略显单调的一树白花绝美的装点。第一次见到它满树白色繁花，蜂蝶飞舞，我开心得不得了，站在树底下，一边哇哇地惊叹着，一边用力地吸着那香气。可不到两小时，从脸开始，全身开始痒痒的，冒红疙瘩，花粉过敏啦！又是花露水，又是息斯敏，好几日才好。但我并不懊恼，依旧喜欢得要命，每次经过，不愿绕着走，不厌其烦地撑上一把小伞。有了车之后，则总是把车停在树下。风一来，萧萧而下的花瓣，铺满了车身。车开动起来，密密的花瓣便又一瓣一瓣随风飘落起来，车到哪，花瓣便飘到哪，给滚滚的车流人流也带去了那么一点诗意。

小院太小，车常停不下，再往山边，拐到另一栋楼的后面，还有一小块空地，可以停两辆车，有时我把车停在这。这是一个更安静的角落，楼旧了，住户很少。从那常泛着绿色青苔的路面就可推知，这里是极少有人来的。这被人遗忘的角落，却像一个小小的花果园，枇杷、石榴、杨桃、黄皮果，虽没人管，却从不偷懒，该结果时就满树的果子。每次看见，我都想摘，但又不忍心折了它的寿命，待到落地，又生悔意。平房门口的水泥地面缺了一小块，一株木瓜树就趁机从那钻出来，高高的，瘦瘦的，挂着四五个木瓜。每次经过，我都担心那几只木瓜会把树压折。花，是更多的，水红的指甲花绕着枇杷树莞开着，黄色、紫色的菊花最不择地儿，只要有一点泥，生出一点枝条，一到天气稍冷，便大朵大朵地开起来，压得细细的枝条儿东倒西歪。那株君子兰，不知是哪户人家扔出来的，花盆只剩了半边，君子兰就赶紧把根斜斜地伸进了泥地里，叶子竟肥肥的、油汪汪的，花，也是金黄金黄，灿烂诱人得很。还有牵牛花、茉莉，和一些我叫不上名字的，常常是闻着淡淡的香味，却不知是什么花又开了。

我的门口搁着一盆桔子树，是春节前单位买回来的。广东过年有个习俗，家家户户都要买金桔，满树金黄色的桔子，再挂上一些利士，寓意新的一年"大吉大利"。过完年了，桔子掉了，有人来回收，三块五块就让人收走，没有，就把树扔掉，来年再买。只有园艺人才能让它结那么多的金桔，少了，是不够吉庆的。单位买回来的这两盆，过完年后，桔子落了，办公室的阿凌说扔掉吧。我说别扔，让它长。一盆就搁在了我门口的走廊上，偶尔浇浇水，更多的时候是看到叶片干了，一片片往下掉，才想起浇水来。两个月后，居然开花了，米粒般白色的骨朵儿，稀稀落落地散在枝叶间，香味也飘到我屋内来了。花落后，结了好几枚青幽幽的桔子。刚过一两个月，又开花了。我吃惊地与阿凌说，看，又开花了。小时候，老屋旁有好几株桔子树，一年开一次花结一次果，从未看到开两次花的。我怕记岔了，又打电话回家问父亲，有没有见过桔子一年开两次花的，父亲说没有。谁知，没多久，又开花了，到现在，已经是第四次了。果子在一天一天长大，花儿却是不停地开了落，落了开，似乎永不停顿。

S楼很快就要装修好了，我们也要搬回去了，桔子树是可以搬过去的，然而，白兰花呢？枇杷、石榴、杨桃呢？

门外池塘

  房子买在了镇上，每天上下班来回一个多小时。

  房子位于后围墙的第一排，墙外就是一个长长的山丘，四季碧绿。山脚有一溜池塘，与我家仅隔着一条马路，还有小区的围墙。没事的时候，我总是出门去，沿着池塘边上的砖砌小径，慢悠悠地晃。

  池塘由东往西排开，大概有一千来米，十几个。东端乱长着许多芭蕉丛、低洼地、坎上，到处是，间或杂草藤蔓缠绕，常常以为只是一块荒芜的洼地，偶有村民拨开杂草，捞起大条大条的鱼来，才知草下有水且深。往西，池塘一个比一个大，有一个长满了水浮莲，水浮莲开花的时候，蓝紫蓝紫的一大片，非常好看。水浮莲繁殖能力强，扔一小株，第二年便长满了池塘，以至于很多水域，包括长江，水浮莲成灾，要专门研制方法来消灭它。此处，它们可以任意生长。

  西边最末端的池塘水面最宽，数过来第二个也很大，严格地来说，这两个应叫湖。第一个，大概是太宽，风一吹，常常水波荡漾之故，水面干净，没有杂草，没有水浮莲，波光粼粼的水面上，搭着木制的、树皮盖的建筑，一个钓虾场，两个农庄。我从没钓过虾，但常常光顾农庄。第一次光顾这里的农庄，是2008年五一，两个朋友非要我见一个人，推脱不过，在这水面上的农庄吃了一次饭。当时，看着矗在荒野的楼群，我说，谁会跑到这来买房啊。不料，时隔一年，和在这个农庄第一次见面的人买这里的房并结了婚。住进来，才发现门外西边池塘上的农庄是我们第一次见面的地方。有月光的时候在这里吃饭，是很好的。山边有一株高大的枯树，黑色的树枝分割着灰蓝的天空，月亮有时挂在树枝，有时在明净的天空与枯枝形成一幅意境幽远的图画。我们常常来，常常很晚才走。

　　第二个湖，伸进了山洼里，坎边又长了许多像水杉树及其他草木，颇有些深藏的意味。满满一池荷花，大概五六亩，不留意，就从眼皮底下滑过去了。冬天，水面是寂寥的，一幅宽阔的样子。一到春天，如境的水面开始有了点点嫩绿，隔几天，嫩绿撑开来，铜钱大，到碗盏大，渐渐铺了开来，水面缝隙越来越窄。春末，叶片铺满了整个水面。再来的，只好伸往高处，层层地堆起来，高高低低，正着，斜倒着，挤挤挨挨，摆满了池塘。盛夏的某一天，突然间，堆成堆的碧绿里，有了一点粉红，转些天，越来越多，荷花来了啊！一株株，从绿里跳出来，或含苞，或盛放。直到秋天，荷叶渐渐黄去，枯去，荷花依然不厌地向上开着。前年冬天，塘上尽是枯萎的荷叶，竟然还孤零零地开着一枝红荷，由此让我得到了一小节诗：

>水面枯荷
>
>写着秋的残景
>
>碧绿已成往事
>
>晚开的一枝荷花
>
>寂寞孤零

塘上有座石砌的亭子，石砌的桥，弯弯曲曲，从山边通到了亭子。我未去过，也从未看到过桥上、亭子上有人。

后来，才知道这些池塘，包括马路，包括我家花园，原来是一个很大很大的湖，叫镜湖，是民国第一任总理唐绍仪私家花园"小玲珑新馆"的一部分。

整个山丘都属小玲珑新馆，山上建有观星阁，但不知唐绍仪是从天文的角度，还是从道家的角度来观星象。大门楹联"百年树人十年树木，知者乐水仁者乐山"是汪精卫题写的，字如其人，俊而美，但缺一点"风骨"。有专为取暖而建的壁炉房，小小的，没有窗，有些憋闷，据说美国总统胡佛来过，他是唐绍仪留美期间的同窗。壁炉一百米开外是梅兰芳亲手种的"美人树"，仍在风中婆娑。

1921年，唐绍仪响应孙中山先生"与众乐乐"的倡议，把小玲珑新馆对民众开放，成为当地村民的公园，并更名为"共乐园"。

共乐园免费开放，但人很少，三五个人走在里面，还觉得有些荒凉，我还是更愿意在园外，池塘边的小径上，悠然欢喜地来去。

北　山

　　下午五点，阳光终于淡了，温和了。

　　拐进沙石小路，一层薄薄的尘土，轻雾般弥漫在车窗前，路旁的蒿草、荆棘划着车身发出沙沙的响声，一蓬蓬牵牛花，蓝色小喇叭般在夕阳里开始慢慢合拢。

　　繁华喧嚣转瞬逝去，满眼乡野的荒芜与宁静。

　　村巷里没有人来人往的热闹，显得有些幽长。一只狗懒懒地卧在地上，我的脚步并没有让它警觉地抬起头来。古木棉高大树干的枝叶间，几只鸟叽喁着窜来窜去。

　　村头是一座保存完好的古建筑——杨氏大宗祠，我是闻她名而来。庭院阔大，但没有想象中的古木森森。一畦荒草，几株瘦仃仃的枇杷树。

　　几次要来观瞻，皆未能成行，抑或是这样宁静幽荒的地方，是需要这样一个温静的下午来细细品味的。

　　厅堂上下，院内院外，干干净净，寂寂无声，我怕惊扰了这份宁静，将脚步放得很轻很轻。

北山人都姓杨，是宋朝杨家将的后裔，为避难而居于此地。几百年前，这还是地处天涯海角的蛮荒之地，若非性命攸关，是不会从别处迁来此处繁衍生息的。斗门的南门村赵氏亦是宋王室南逃流落下的部分后裔繁衍至今，赵氏族谱有详明的记载。与原住渔民不同，虽避居于此荒野之地，北山人仍继承着"诗书传家""精忠报国"的儒家传统。至晚清，出了一个都司（正四品）、一位将军（从二品），是一对父子。父亲杨云骧，少年好武，投军后参加鸦片战争，屡立战功，官升至江苏和平营都司。第二次鸦片战争后，清政府签订了一系列不平等条约，杨云骧辞官返乡，晚年隐居在竹仙洞直至终老。杨云骧长子杨镇海受长辈们熏陶，自幼习武，后投军，官至龙门崖州协副将、香山协副将。杨镇海带军纪律严明，爱护士兵，爱护当地黎民百姓，深受部下和百姓爱戴，被誉为"清官"。近代传播马克思主义理论的先驱，与李大钊并称为"南杨北李"的杨匏安，也是出自北山。

祠堂是一座典型的岭南建筑，于1868年按二品官阶修建。进深三间，面阔五间，占地8838平方米，建筑面积2520平方米，有殿、堂、厅、厢、廊、乐台、书馆。整个建筑前低后高，堪称气宇恢宏。工艺细致精美，梅、兰、竹、菊、葫芦、鹿、喜鹊、蝙蝠等寓意着吉祥如意的花草鸟兽，在梁枋、斗拱、瓜柱、驼墩、屏风、格扇上栩栩如生，屋脊、屋檐的人物立体群雕精美绝伦、富丽堂皇，处处透着灵工巧匠的精雕细琢。站在祠堂里的每一个角落，都能感受到南方雕刻艺术的精致与华美，都能感受到这个家族曾经的辉煌。

祠堂里最为珍贵的，莫过于天井里那棵已有一百六十年树龄的珍稀名木——紫玉兰，又名玉堂春。这是杨云骧为督戒杨氏子孙做人做官要像兰花般高洁，特花了不少银两从外地买来。苍老的树干枝丫已如虬龙，不是花的季节，叶片也不如其他植物那么碧绿繁茂。但每年一到春天，便是满树繁花，清香袭人，足以担当起"艳冠群芳"之名，惹得市内市外的人们从四面八方"朝圣"般涌来。

那时的北山，当然也没了现在这般的寂静。

门前花事

立春一过，便是春天了。但今年的春天像是去年冬天的延续，倏忽南风，倏忽北风。南风一来，湿湿答答，抓一把风，都能捏出水来。北风一来，气温陡降，冷风削面。

季节一乱，花，也完全乱了套。

围墙下的杜鹃去年农历十月便开了，不多，三朵两朵，但一直开到现在，出奇地久。往常总是要等到三四月份，天气一暖和，呼啦啦地一开一片，紫红紫红地绚烂一两周，再渐渐地落去。我有些担心，今年它还能不能像往年一样绚烂。

鞭炮花的花季是春节。金黄色，细长的小喇叭，排成一长串，一串串地挂满围墙篱笆，像鞭炮，珠海本地人都叫它鞭炮花。因开在春节，鞭炮又寓意着喜庆，它还有一个雅些的名字"吉祥花"。市府大院有一堵"7"字形围墙，大概有百多米长，爬满的便是鞭炮花，一到春节，黄灿灿地挂满围墙。每次走过，都被它绚烂得心惊肉跳。度假村里也有，爬在围墙上、各个别墅的花架子上，有时候还常常凌空地一串两串地吊在门廊上，陈旧的房子，诗意顿生。这个时候，这里不再清寂，游玩照相的，拍婚纱照的，三三两两，随时可见。我也常常绕路，穿过这里，从后门回海湾花园。鞭炮花是不择地的，常常在某个角落、某个渠边，它就在那大片大片地金黄着。珠海号称浪漫之城，我常想，若少了鞭炮花，浪漫是要减掉好多分的。当初买房，选在了一楼，就是看中它有个花园，我可以沿着围墙种上鞭炮花，可以给自己做一道花墙。前两年西墙一段开得很旺，每天引来小区的居民照相。去年春天我更精心地打理，一个夏天，它们便把围墙爬满了，长长的花墙在望。腊月初，鞭炮花如期地打起了花苞，但至今还不见它黄色的身影，像哑了似的。仔细一看，花苞还是花苞。

　　花园里种了七株茶花，前园六株，后园一株。茶花倒是比往年开得好，如期地来，开得又久。茶花怕雨，哪怕昨日才打开，雨一来，今天便萎了一地。我便常常觉得遗憾，那么美的花，花苞打了那么久，往往一开就落。奇怪的是，今年的茶花几经春雨，仍娇俏地艳丽于枝头。后园那株茶花，窝在桂花树、竹子、滴水观音里，几乎不见阳光，我从没指望它长得好、开得出花，任它自生自灭，结果今年也开出了粉红色的一大朵。

　　园子里有花，才叫花园。种花的时候，便按季节种下了不同的花：二月鞭炮、三月杜鹃、四月蔷薇、五月芙蓉、六月小叶紫薇……但又担心自己种花的水平不好，某一月的花开不出花来呢？便花大力气种下了各色月季，期望它每月如期开花，确保我的花园没有寂寞的时节。可是月季无论是种在东墙还是西墙，种在地里，还是种在盆里，泥土也换来换去，终究是种不好，要么叶子被虫子吃了，要么直接就死掉了。活着的也总是不开花。折腾了几年，只剩下桂花树下的两三根苗，我便不再管它们了。可是春节前细细的一枝苗开起了花，深红色，比平常的花朵大许多，前两天才萎落。桂花今年大概实在累了，叶子稀落，又无光华。桂花是要等到气温下降到十几度左右才开的。往年开个两三茬，冬天就过去了。去年的天气，一茬未开完，又开始了另一茬，枝头便一直零星地挂着米粒大的花朵。这么久未曾歇息，想想的确是累了。

　　院外墙下的花池，小区打理，种了虎皮兰，我想它长得更为密实，打理院内花花草草的时候，就一并打理了。几年前，一株细小的姜花偎在了虎皮兰下。我留下它，但总担心小区工人将它拔掉。大概工人觉得我们管得好，再也未管过这一溜花池。姜花越来越粗壮，已经齐平围栏了。早晨推开门，幽幽的香气，便送了过来。

　　最近终于暖和起来，如果季节不再凌乱，木棉大概就要开了。我的花园没有木棉。小区里也没有。但旁边的唐家湾古镇上有几株百年木棉，高大粗壮，横跨在街巷中间。每到开花的季节，大朵大朵的红花在屋背上的天空里肆意怒放。

　　南方的豪气，在木棉花里。

我的小屋

单位大院西北角,有座两层的砖瓦小楼,是新中国成立初期的仿苏联建筑。大院里其他旧楼早已拆除,盖起了高楼。不知何故,独独留下了这座小楼。

小楼早已废弃,不用了。它与大院的围墙、高楼的侧面,刚好围成一个安静的小院。一直传闻这栋楼闹鬼,废弃不用后,人迹就更为罕至。

小院里有一棵高大的玉兰树和几棵老桂花树,枝枝叶叶交错纵横,若不是严冬时节,玉兰脱掉一身绿装,小院里一年四季难见日光的踪影。

春夏秋这三个季节,则是小院里最为热闹的时候了。地面挤满了油绿绿的鸭脚菜、路边菊和许多我说不出名的植物。常春藤、爬壁虎沿着墙壁四处攀缘,爬满了小院的每个角落。细细的牵牛花也赶来凑起了热闹,一到秋天就吹起了一个个蓝色的小喇叭。黄的、紫的各色各样小花惹得蜂儿蝶儿嘤嘤嗡嗡地忙个不休。蜘蛛们不停地在树上结织着一张张的网,等待美味自投罗网的同时，还不时荡着秋千从网上坠下，不等掉到地面，又急急忙忙地爬回网上去。鸟儿在树间叽叽喳喳地飞来飞去，偶尔也会跑到地上来觅些吃食，一有风吹草动，便扑棱棱地飞进密叶里。

"苔痕上阶绿，草色入帘青。"闹中之静，这倒是一个很难得的读书之处！

我好静，喜独处。而父亲母亲好客，家中常人来人往，热闹得很。下班时间，老待在办公室，又是要惹人闲话的。我便常常渴望有一个不被打扰，属于自己的小屋，可以看书、写字、画画、听音乐、冥想……没费多少周折，小楼角落这间堆满杂物，墙壁斑驳，老鼠窜来窜去的小屋归了我用。

同事们却与我说起这里的鬼来："文革"期间一个上面派来的年轻干部，长得很帅气，才华横溢，吹一口漂亮的口哨，就在这栋楼里被迫害致死。此后，常常是在暮色刚刚拢来之时，这个院里就开始有莫名的口哨声，踢踢踏踏的脚步声，搬桌弄椅的声音……以前在这栋楼上班的人，一到下班时间就都匆匆走了，没有谁敢一个人走在后面，晚上更没人敢来加班。

我哂然。这么帅，又这么有才华的鬼有什么好怕？若遇见了，兴许还可以谈谈古，论论今。

很费了些时日，才搬尽那些乱七八糟的东西，将小屋打扫干净。老式的书柜留下了，笨重，但实用，还有淡淡的樟木香味。老办公桌留下，搁上一块三合板，就成了书画桌。墙壁上的斑驳之处，挂上自己在宣纸上信手涂涂抹抹的东西。去市场挑了几盆绿萝，再把家里那几盆一直委委屈屈待在角落里的兰花搬到小屋。小屋顿时草木葱茏、诗情画意起来。添上一张茶几，两把椅子，一壶清茶，就更有了些书斋的意味。看着这些，我甚至想仿效起那些文人们，给小屋取个好听的名字。

院里的玉兰树不知是什么品种，花期特别的长。待玉兰的香味渐行渐远，桂花又开始飘香了。那几棵桂花树，像商量好似的，并不同时开，是次第开放的。这株刚刚开完，花要落尽，那株的清香又开始弥漫开来。屋里屋外便常常浸在这淡淡的清香味里。

这么清幽的处所，不做点与文化有关的事，实在有些浪费。把家中的书都搬了来，细细地、一点点地去品味几千年积淀起来的文化精华；拾起尘封在角落的笔墨，和着花淡淡的清气，水墨之韵在宣纸上逶迤而出，文字在笔尖下欢腾跳跃……

看书累了，捏笔累了，把椅子搬到小院，斜躺在树下，看蜘蛛们无休止地忙碌，麻雀们飞上蹿下，任花的香味丝丝缕缕钻进鼻息，偶尔一两朵花轻轻砸在脑门上。如是夜晚时分，是更静谧的。树在窗外摇曳，透过窗棂洒下一堆模模糊糊的影子，除了虫儿鸟儿们的叽啾声，偶尔的人语声和车辆驶过，如来自很遥远的地方而又转瞬即逝。高楼里的那些你争我夺，喧嚣张扬……一切都那么遥远，那么虚无。

最终，小楼没有逃脱被拆除的命运。

在小屋呆的一年多时间里，我从来没有听到传闻中的声音。是根本没有，还是他怕惊扰了我，一直在旁边静静地看着？

关于秋月

  时已仲秋,风,凉凉的,干干的。夜空,似乎高了许多,也清朗了许多,这个时节里的月是最清最亮最圆的。
  很小的时候,父亲喜欢在秋天里月色最好的时候带我去走村串门。骑在父亲的肩膀上,穿行在田野的小径,小草们划过父亲的裤腿发出沙沙的响声。月,挂在干干净净的蓝色天幕上,远处的山啊,村庄啊和脚下的路都笼在淡淡的清辉里,像是披上了一层薄薄的轻纱。我们走到哪,月也跟到哪,我问父亲为什么月亮老跟着我们,父亲总是说,丫丫,多读书你就知道了,这是儿时最初也是最深的记忆。
  再大一些的时候,我常趴在堂屋的矮门上,看月从屋后的山上羞羞地探出脸来,透过林子洒下缕缕清辉。月儿玉步轻移,终于慢慢地越过树梢,大大方方地挂在天幕中央,将银辉洒满村里每个角落。群山、稻田、河流、房舍,都浸在她如水的银辉里,似烟,似雾,似纱,这时的山村是最柔美的,不是仙境胜似仙境。我屏住呼吸,害怕吹破轻纱的一角,吹走这摄人心魂的美。静静地看着,直到月隐入到对面高高的山后。

月，总是让人浮想联翩的。

儿时看着月，听奶奶讲故事，想月宫里美丽的嫦娥是在淡淡的桂花香里轻歌曼舞，还是荷锄侍弄她的那些花花草草？看着远处隐隐群山里，想这么好的月色，动物们应该在开舞会吧：小鸟在尽情欢歌，松鼠拖着蓬松的大尾巴扭着快乐的舞步……

再后来，看见月，却老想着一个人，想着他那一双令我心跳的眼睛。

十七岁那一年的秋天，他从千里之外赶回来，我们静静地坐在湖心岛上。月，慢慢地从东边升起，就在我静默许久无语的当儿，他的一只手轻轻握住了我的手，我一动也不敢动，不敢看他的眼睛，心怦怦直跳，脸热热地沁出了密密的汗珠。我们就这样一直握着手，看着月慢慢爬上中天，又慢慢往西坠去。我们约定，等我们都毕业以后，每年秋天一同看月，一直到老……

第二年秋风未起，他却走了，永远地走了，不再回来。为救一个女孩，他永远地瞌上了那双令我心跳的眼睛。每当看着月挂在高高的天幕上，我的心却空空的，灵魂似在夜空里漫无边际地游荡，永远没有着落。从此，我害怕月。拉上窗帘，把月关在窗外，放一曲摇滚，倒一杯白酒，忘却所有的——从前的，现在的，以后的，窗内的，窗外的。

很久没见过月了。在珠海这被高楼分割成一小块一小块的灰色天空里，月，应该来过的。

我已经忘记月了。

今年的中秋，我一定去看那一轮美丽的圆月。

绿　萝

绿萝，不开花，不结果。

一般人是不会在室内养绿萝的，尤其是像我这样一个未婚女子，是更不应该养的。

绿萝，名字很美，我很喜欢，曾一度想把它作为我的笔名。绿萝，喜欢阴凉，是很适合种在室内的。见阳光，会枯黄，死去。一年四季不见阳光，疯长。除了兰花，还有什么植物如绿萝那般不喜阳光呢？

或许是出生在深山里的缘故，我一直喜欢被绿色环绕的那种感觉。深山里，除了一条细如羊肠的小道不是绿的，哪都是绿的。若是盛夏，不去修一修，连"羊肠"也不见了，只剩满眼的绿。若一年不修，山里就没了路。家门口，也是要常修的。若不修，竹子会从床底下蹿出来。到了城里，我一直不习惯，就在屋子里、阳台上，到处种上花花草草，办公室也要大的、小的放上好几盆。看着绿意葱茏，像那么回事，心，才能安下来。

去年刚到珠海时，办公室里空空的，又没时间去市场好好挑选几盆搁上。见走廊里放着一盆绿萝，耷拉着十来片叶子，黄黄的，恹恹欲萎。便把它搬了来，搁在书柜的柱子旁，日日将喝剩的残茶倒将上去。不到一月的功夫，绿萝就蹿出新叶，越长越精神，越长越茂盛起来。待到秋末时，已是蓬蓬勃勃的一大盆。原来的那根柱子已支撑不住，我又找来一根更粗壮的将它们支撑起来。今年春天更厉害，居然沿着墙壁爬到空调上去了。

远离家人，孤身在外，总免不了在很多时候，有些凄凉的意绪，工作上也避免不了有许多懊恼的事。可是只要看着那喝点我的残茶，就还我一个绿色世界的绿萝，我的心又开始愉悦起来。

从事杂志工作，是常要加班熬夜的。每当疲惫时，看着那天天往上爬的绿萝，总让我有一种莫名的温暖。

绿萝，成了我最忠实的朋友。

办公楼要重新装修，我们要搬到另外的地方去办公。搬办公室的那段时间，正是我休假回桂林参加考试之时。临行前，我最放不下心来的就是那盆绿萝。有生命的东西总是脆弱的。我害怕他们在搬弄时，把与我相依了一年多的绿萝给弄丢或弄坏了。我把两个同事找来，反复叮嘱，请他们好好地帮我照看那盆绿萝：要搬过去，不要弄坏……

绿萝，没有在我新的办公室里。他们说是在搬的时候不小心连根拔掉了。新的办公室只有原来的四分之一大，可我总觉得空空的。再买一盆，它也永远不会是原来的绿萝了。我没有再买。

女人，结婚为开花，生子为结果。

在与绿萝相伴的时日，我没有开花结果。在没有绿萝相伴的这些时日，我还是没有要开花结果的迹象。其实，最终的结果，世间的万物何尝不是一样？终归是要化作春泥更护花的。

夜游岐江公园

没有月亮，没有星星，幽幽的路灯，把天空变成了淡淡的蓝，淡淡的灰。

南方秋夜的风，凉凉的，像一双柔软纤细的手轻轻地拂过，温润而又不潮湿。

楼群里的灯光已一窗一窗慢慢熄灭。夜，已经睡了吗？我想出去看看。

沿着酒店外一条名曰岐江的堤岸信步前行。蒙蒙的夜色里，看不清江水的颜色。是浑浊，还是也如桂林漓江般清澈，水底飘荡着柔软的水草？

近在咫尺，我却是第一次在这个城市盘桓。无数次，匆匆地从这个城市的身边走过。前方，一大片草地，树影丛丛，间或着一些建筑模模糊糊的影子。在市区的中心，难得有这样一大片没有高楼的开阔地。一只废弃的船搁在草地上。船不大，窄窄的舷梯锈迹斑斑，只有扶手还透着些金属的光泽。同行的晓洁说，这个地方是粤中船厂旧址。这里地处市中心，一面靠湖，一面临江，一直是房地产商不惜一切高价竞相购买的宝地。但市政府却作出了让只顾眼前利益的人百思不得其解的决定：在粤中船厂的旧址建一个开放式的休闲公园。这只船就是由当年的粤中船厂做的。沿着舷梯小心爬上船的甲板，扶栏而望，树影丛丛，柔和的路灯倒影在江波里，像一个个女子在水底随风而舞，曼妙无比。虫子们在草丛里唧唧，此起彼伏，似在开着一个盛大的音乐会。偶尔，也会有夜鸟凌空的一声鸣叫，打断虫儿们演奏。我与晓洁说，这只船应把它做成情侣船。在这般寂静的夜里，若是一对相爱的人，在甲板上执手赏着这里的春花秋月，相对细细地品味着咖啡美酒，然后在虫儿们的奏乐声中在船舱里相拥入眠，那该是何等地有情致和浪漫。

一个高高的灯塔矗在江的上游。灯塔，已没有了灯光。为船只往来进出指引方向的使命已经结束，而今只是让人们怀想起当年这里曾经的喧闹与繁华。

绕过灯塔，跨过一座小小的木桥，有一个小小的"岛"，"岛"上几棵参天的古木。落叶铺满了小岛，踩上去发出沙沙的响声，这是秋天的声音！多久没有听到这种声音了？秋天，最富诗意的季节，我最喜欢的季节！南国的城市一年四季，满目皆绿，少有诗意，令人常常怀想北国的秋天。而这，居然还有着落叶的古木，在静静演绎着秋天。看着高高的树干，我不知这是什么树，只想就这样在沙沙声中一直走下去，走下去……

小桥另一端远远的树丛里，掩映着一排约两层高的建筑，透着些古朴，迥异于这个城市里的建筑。青灰色的屋檐，淡黄色的墙壁。在淡淡的夜色里，有些费劲，但终是看清了"中山美术馆"几个字。美术，如此唯美的艺术，最适合它的就是美的、诗意的、古朴宁静的地方。搁这，真是物得其所了。而公园，有了这般幽美的自然风光，再添上古今人文，所谓相得益彰，也就是如此吧。

我们已习惯了毁灭一切旧的，再建起"全新"的。多少上千年的古建筑，经历了千年风雨的剥蚀而不倒，却在推土机的隆隆声中坍塌。当我们想要拾起曾经失去的，而有些已是永远无法再拾起。古建筑，重建的还叫古建筑么？怎么都不对味。失去的，永远也无法重新构建。这个船厂仅百余年的历史，却得以幸存，成为一个公园，一个美术馆，是船厂的幸运，是这个城市的幸运，更是这个城市人们的幸运。

长南古径

凤凰山，山脉深长，山势高陡，林深草密。据史志记载，这山上曾盛产一种茶叶，茶花开时，十里闻香，叫"异花神仙茶"，又被称为"隔山香"，珠海的原名"香山"就是由此而来。

长南古径就是这凤凰山上一条古时的交通要道。在没有修通沿海公路之前，唐家、金鼎以及广州、深圳等地的人去澳门，要么坐船从海上走，要么就走长南径。孙中山先生在澳门行医期间，也是从长南径往返于翠亨、澳门。沿海公路修好之后，行人日渐稀少，长南径就渐渐淹没在深山密林中，一路供行人歇息的凉茶亭也没了，但据说山顶路边，长南径的标志——一块雍正三年的石刻还在。因着山高林密，荒无人烟，长南古径就成了一些"驴友"的探险之地，也让我这个喜欢幽荒之人心神向往。

山路，小小的，窄窄的，沿着两山之间的山谷往上延伸。路中间横亘着大小不一的石头，崎岖不平，想将一双脚水平地放在地上，都不是件容易的事，如果有自行车，别说骑了，推都没法推，必须是车骑着人走。路的一旁，树、藤蔓、草，缠着，绕着，密密挨挨。路的另一边是山涧，哗哗地流淌着，像一个快乐而又羞涩的小姑娘。山涧两边，长着密不透风的竹子，只有小指般粗细，叶子却是半个手掌宽，长长的。两旁的山上不时还有小溪流如斗折，如蛇行，或从树下，或穿草丛，或淌石头，从高高的崖上飞洒而下，形成一个小水潭，再拐个弯汇入山涧里，极似柳宗元《小石潭记》的情境。

小时候去外婆家也是这样的路。外婆住在大瑶山里高高的山上，从山脚往上爬，没有半天时间是爬不上去的，用外婆的话说，是"看到屋，走得哭"。再难爬，一年一次总是要的。每年的大年初二总要去给外婆拜年，父亲母亲背着糖果、糍粑、年糕，带着我和哥哥姐姐，一路走走停停歇歇，要三四个小时才能到。即使是下雪天，也会爬得大汗淋漓。快到外婆家门口的时候，母亲就从路边拿一根干柴让我拖着，待哥哥的鞭炮放完，我就拖着柴第一个走进门，并说，外婆，我给您带财（柴）来了！

外婆去世已很多年，我也许久不曾走这种崎岖难行的山路了。

这山上居然还有一片沼泽地，长着一种细圆的长长的草，茂密极了，中间一大片朝着山下的方向倒伏，可以想象山水在这山涧中曾经奔腾咆哮的模样。伏在水里的已经开始腐烂，水，成了深褐色。路，就淹没在褐色的冒着泡泡的烂泥里。用木棍戳戳，浅的地方，扔几根粗树枝踏着就可以过去，深的，就只好攀着山上的树爬着绕过去。这让我想起了长征，虽差距甚远，但对于现在久居城里，以车当步，连街都懒得逛的我来说，这的确已算得上是一次小小的长征了。

爬过山顶，山上山下的风景一览无余。一只鸟儿在我身旁的树上"哦喂"一声，对面山上的树丛里立即也一声"哦喂"，这边一声，那边一声，像是两个砍柴人在对着山歌。风，在树梢轻轻滑过，沙沙的响声清盈而柔软。一株白色的山茶花开得正旺，蜜蜂嗡嗡地围着转，像是在欣赏，又像是在挑选着哪朵花的蜜更多些。两只黑色的蝴蝶，始终保持着十厘米左右的距离上下飞舞，像两个默契的舞者，又像一对相恋深久的情人。

路旁的石壁上刻有字，蹲下凑近一看，正是那块雍正三年的石刻：雍正三年孟秋谷月余非凡重修长南径。脚下一只黑色的大蚂蚁慌慌张张地走着，这种蚂蚁叫蛇蚂蚁，外婆家的山上最多，叮人一口，会起一个很大的红疙瘩，疼得人发麻，外婆把它与蛇、蜂、蚂蟥并称为四毒，但用它来泡酒，又是蚂蚁酒中的上品。没一会，又跑来两只蚂蚁，个子比蛇蚂蚁小得多，又比一般的小黑蚂蚁大一些，淡黄色，近乎透明，腰细细的、长长的，屁股翘翘的，触角极细极长，美极了，绝对是蚂蚁中的美女。石头槽缝的泥土里，有三个拇指大的精致涡涡，这是"退姑娘"的穴，小时候总喜欢把它掏出来，看它倒退着走路的模样。我用小树枝掏起来，三个掏完了，都没见到"退姑娘"的影子。我想，大概它们也与我一样，趁着风和日丽，去郊游了吧。

这条路有多少年的历史了？除了那块雍正三年的石刻，从路上的石头也可以推知少则几百年，多则上千年了。石头们已被踩得极光滑了，尤其是一块有着好几种颜色的石头，光滑得透出玉的质地来，若不是至今仍是路石，我肯定把它搬回家，搁在书柜上。因为，那不仅仅是一块美丽的石头，那上面还有着千万只脚印。

走了两个多小时才下了山，我的脚底早就起泡了，走路一瘸一拐，看着一趟接着一趟的公共汽车，很想坐车返回。可是，凤凰山隧道已动工，要封路了，以后想再走一次长南古径，怕是很难了。待隧道修好，也是好几年后的事。好几年，情境如何，是难以想象的。还是走着回去，再享受一下古径上恍若隔世的清幽吧。

往回走时，已是下午三点半了，太阳不知去哪了，山野里没了来时的明媚，阴阴的，有些怕人，我顺手在路边拾了一根木棍拄着，想，一是可以替我省些力，二是万一遇上劫财劫色之类也可当作武器，总比赤手空拳的好。再回到刻有字的石壁前，仍是再细细地瞅一会。想想人生真是莫若这山石，千百年，石还在，山还在，人，早已不知何处去。

珠海印象

飞机,徐徐降落。窗外,夜色下的珠海,如上帝打翻在海边的百宝箱,散落在海滨的珠宝,一个个,一串串,一簇簇,散发出瑰丽的光芒。

机场通往市区是一条濒海的路,宽宽阔阔,路的中间,路的两边,繁茂的绿里点缀着色彩斑斓的花儿,在晕黄的灯光下影影绰绰。在我的印象中,这么美丽的路总是在一个城市最繁华的地段,车来车往,人潮涌动。而这路,在这华灯初上的夜里,是如此的宁静,没有车,没有人,唯有我坐的这辆出租车,轻悄悄地在夹着淡淡花香的夜风里穿行。这是上帝独享的后花园吧?所以才如此的美丽而又静谧!

上帝宝盒中那串最长最美的项链应是情侣路的灯光。有人说,和你心爱的人走情侣路,每走一华里便会牵手一年,只要走完全程,这一辈子都会不离不弃!是呀,情侣路全长六十五华里,如果能牵手走完六十五年,还会离弃么?我不知道,有没有人走完过全程。我是一个人去的,去过许多次。脚下青草软软,栏下轻涛拍岸,灯光在绿树中掩映闪烁,在碧波中随风荡漾……很多城市,楼房永远是主体,山和水是点缀,最佳的也莫过于景在城中,城在景中。惟这,那些建筑永远敬畏着这山和这水,轻轻地依在山旁,傍在水边,淡淡地装饰着这山、这水。

渔女手中的珍珠在黑夜里散出无边的光芒。潮水向渔女涌来,未及吻湿她的裙边又轻轻地退去,是怕惊扰了沉静中的渔女么?潮水是痴情的,日复一日,年复一年轻轻地涌来,又轻轻地退去,从未厌倦。渔女是痴情的,年年岁岁,岁岁年年地伫立在这美丽迷人的香炉湾畔,等待着心上人的归来。人们不分白天黑夜地从四处涌来,仅仅是为看看这个已成雕塑的渔女么?当然不是,他们是要来寻找丢失了很久的人生命中最宝贵的东西。在这充满着物欲的时代,"痴情"已离我们很远很远。看着渔女身边每天人群来来往往,熙熙攘攘。我却希望渔女是寂寞的,孤单的。如果"痴情"已在每一个人的生命里,人们还会跋山涉水,不远千里万里地赶来么?

我不知道曼殊的魂魄有没有回来过,有没有到过他童年居住过的屋子。曼殊,一个唯美的人。一生都在追逐着美丽,追逐着美丽漂泊。漂泊在美丽的山水间,漂泊在一个个美丽女子的心灵深处。人生难得一知己,孙中山先生是曼殊的同乡,更应是他的知己吧。在曼殊郁郁而终后,出资让人把他葬在了风光秀丽,文人墨客流连忘返的西湖畔,与才貌双绝的一代名伎苏小小隔山相伴,美景和美女皆伴之,夫复何求?可是,我想,如果曼殊此时回来了,回到了他童年曾居住过的这个城市,他也会喜欢这个城市的，喜欢这个除了他童年居住过的屋子没变，其他都已改变的城市。喜欢在这风清月朗的夜晚漫步情侣路，看那天上繁星点点。喜欢择海岛一隅，细细地品味"海天一色无纤尘，皎皎空中孤月轮"的美妙意境……不再缱绻于杭州西湖风光，不再留恋与苏小小的隔山相伴，停下漂泊的脚步，看这山，看这海，听涛声细语，闻木棉花香，永远地伫守在香炉湾畔。

月色迷离的夜空下，曼殊清秀的面容，没有悒郁！

走进古东

听闻古东瀑布之名，已是好多年前的事了。

去年，我终于走进位于漓江边上的古东瀑布。当我一亲芳泽后，我激动地想，美丽的景物犹如一位天生丽质的少女，是无须繁华的服饰来装点的。

那是一个春雨蒙蒙的下午，我们驱车来到古东，沿着湿漉漉的小径走到湖旁时，已是日暮时分，只见雨雾中绿波盈盈的湖面上静静地泊着几只竹筏，山谷里隐隐传来流水的哗哗声。

撑起竹篙，竹筏便划破绿玻般的湖面，荡起圈圈的涟漪。湖岸的株株杨柳正吐出一颗颗黄嫩的芽儿，两边的山坡盛开着一簇一簇的映山红。下了竹筏，踏上码头，沿着溪流循声前行，流水在乱石错综的涧底欢腾跳跃，一会儿激起一片浪花，一会儿又形成一个风平浪静的水潭。潭底沙石粒粒可见，成群的小鱼儿摇摆着尾巴晃来晃去。进入山谷，两旁尽是说不出名字的高大的常青树，树上各式各样的古藤，在树与树之间蜿蜒盘旋。

如果说黄果树瀑布是一座雄伟的雕塑，那古东就是块玲珑剔透的玉雕；如果说壶口瀑布是一只雄狮，那古东就是一个清丽绝尘的少女……水量不是很大，在斗折蛇行般的山涧里忽而从几米的高空飘然而下，忽而又从光滑的斜坡上悠悠滑落……那飘逸，那柔美，将我的心紧紧攫住。

夏季的古东则色彩纷呈，绿意葱茏，一阵阵的凉意迎面而来，初夏的炎热顿时退却。成群的五彩缤纷的蝶儿们在湖面和溪流边飞舞，犹如一片片各色各样的花朵在空气中飘荡。山谷已被一堆堆一簇簇的绿塞得满满的，连石砌的小径都被淹没了。鲜艳如少女丹蔻的指甲花，洁白如玉的吊钟花……再加上飞舞的蝶儿们，将整个山谷点缀得五彩缤纷，异香，丝丝缕缕地四处飘溢。峰儿们也闻香而来，在繁花绿叶间飞舞着快乐的双翅。瀑布丰盈欲滴，如一个盛装欲出阁的姑娘，妩媚惊艳，春情激荡，充满着生命的激情与力量。

秋末冬初，原野里铺满着暖洋洋的太阳，我又约了几名友人直奔古东而来。水依旧清亮澄净，挤满山谷的绿叶愈发地绿了，发出油墨般的亮色，在这应是万木凋零的季节，仍是一派生机盎然。沿着石径一级一级往上爬，欣赏着十二个瀑布的不同风情，意犹未尽时已至山腰的木屋旁。拿起竹制的水勺，舀勺清甜的泉水饮下，再喝两碗散发着浓浓香味的油茶，看着山下苍翠欲滴的世界，听着涧底瀑布欢腾的声音，我想神仙的日子也不过如此。如若不是同伴们的惊呼声，我不想再挪动自己的脚步。

沿着山间小道至一个向阳的山坡。哇！这完全是另一个世界，只见密密匝匝排列的树木挂满了红黄相间的叶片，有的红透了，有的红里带着黄，有的黄里透着炫目的金色……将整个山坡铺染得如西天坠落的一片彩霞。我尽管喜欢画画，但我从没想到红黄之间会有如此纷呈多姿、绚丽夺目的色彩。

我想，即便是凡·高，也无法用他神奇的画笔调和出如此美妙的色彩。

大圩古镇

鱼翔浅底，鸥戏沙汀。

碧波如翡翠的江面，一艘木船缓缓向东南漂去。鸬鹚在渔翁的吆喝里，一会跃入水里，一会蹲上舟头。两岸青山，似苹果，似金鸡独立，似骆驼过江……农田房舍绕着山，山傍着水。炊烟袅袅，水雾迷蒙，一派秀丽迷离如诗如画的田园风光。江北一座依江而建的小镇，青瓦青砖木雕门窗石板路，绵延于江畔四五里地，码头上人来船往，一番商业繁华热闹的景致。立在船头，羽扇绾巾，被这如诗如画美景所陶醉的一官人不禁摇头吟道：

> 大圩江上芦田寺，
> 百尺深潭万竹围。
> 柳店积薪晨昏后，
> 壮人荷叶裹盐归。

这就是明代纂修《永乐大典》的解缙因立储等事贬至广西任

布政司右参议时，在永乐五年二月游览漓江途经大圩时写下的著名诗篇。

大圩始建于公元前200年，旧称长安市。北宋时已是繁华热闹的商业集镇，有八条大街和十三座码头，沿江的主街长达五华里。广东、江西、湖南等地纷纷在此建立会馆，一时商贾云集，名流荟萃。大圩的繁华一直延续明清，至民国达到鼎盛时期。街上人来人往，商业繁忙，是一幅典型的"清明上河图"；街外漓江两岸，群峰罗列，翠竹茵茵，又是一幅意韵悠远的水墨画。正如徐霞客所云：这是一块难得的集山奇水秀、地灵人杰之风水宝地！北伐时，孙中山先生由广州溯江北上，特在此下船发表慷慨激昂的演讲……

昔人已乘黄鹤去，此地空余黄鹤楼。繁华了千年的大圩在历史的年轮中渐渐归于沉寂。人们都奔往繁华的都市去了，留下古镇默默地伫守在漓江边，听风吹过，任雨洗涤，如一位宁静祥和的老人。走在踩得清幽光滑的青石板街，犹如踏在一个一个的琴键上，那清脆的声音久久地在街巷里回响。门楣、格扇、窗棂上寓意着福禄寿喜的蝙蝠、鹿、桃、喜鹊等雕刻，依然栩栩如生，精美绝伦。古街外的原野里，林木葱茏，瓜果飘香，一幢幢白墙红瓦小洋楼掩映在绿树丛中，一条条石砌的小径纵横交错，从林中探出来，穿过一垄垄的草莓、葡萄地，又消失在另一片果园中。阡陌交通，鸡犬相闻。倘徉于这清脆悠远的青石板街上，流连于这桃源仙境般的田园美景里，尘世的纷繁与喧嚣顿时如轻烟般没入空阔辽远的天际……

如是，画家来了，摄影家来了，剧组来了，国内外游客纷沓而来，久居城里的桂林人也来了。来了又去，去了又来，总也舍不下这被称之为"桂林后花园"的大圩！不愿做神仙，愿做桂林人。桂林城，是历史文化名城，是世界旅游名城，是世界最适合人类居住的城市！可是，能在漓江之畔的大圩古镇，看日出日落，观春花冬雪，是多少桂林人的梦想？又是多少世人的奢望？

大圩古镇，位于漓江与黄沙河的交汇处，距桂林市区仅九公里，东临黄沙河，南傍漓江，茂密的果园里硕果累累，四周的田园风光无限。采菊东篱下，悠然见南山。这是一个世人向往了许久的桃源仙境。在这桃源仙境里，晨可观晨雾缭绕的漓江仙境，夜能享清风明月，听虫呢蛙鸣……

穿行在古镇里，恍若回到了历史久远的远古时代，可在这迷离恍惚间，你又会惊异地发现：这里既有奥运会第一个女子乒乓球冠军、2002年获国家颁发体育巨大贡献奖的陈静主持的"陈静乒乓球俱乐部"和羽毛球世界冠军队总教练李永波指导的羽毛球俱乐部，又有欧美青少年夏令营基地……

最让人赏心悦目的是古街旁那些风格各异、精致玲珑的别墅，依着山，傍着水，错落有致地掩映在绿树丛中，漓江支流黄沙河在这些房舍的房前屋后弯过来绕过去，方恋恋不舍地淌进漓江。与其说是山水映衬着这些屋，树木点缀着这些房，不如说是这些美丽的房屋点缀着这一方奇山秀水。

这些房屋的主风格是一致的，坡顶式结构，青灰色琉璃瓦，以白色、赤色、褐色为主色调的墙，古朴幽雅中透着宁静大方。

但每一栋小屋又绝不雷同,每一栋都有其独特之处,都似一件精雕细刻的工艺品,点缀着如画般美丽的山水,这甲天下的山水便又生出了许多的氤氲灵气。

小溪流水淙淙,沙石粒粒可见,小鱼儿摇摆着尾巴晃来晃去,溪畔荒草萋萋,杨柳依依,一座座小桥连接着溪这边溪那边,这是水城威尼斯?不,威尼斯无这清澈见底的水,也无这如画般的田园。是丽江古城?不,丽江古城无这秀丽中透着的大气,集古朴宁静与现代文明于一体。看,远远的坡地里,还有一个宽阔的高尔夫球场。

沿着一条条鹅卵石铺就的小路,穿行于这山水环绕的青瓦绿树老屋别墅间,你还会惊喜地发现,当年美国总统尼克松先生访华游览漓江时而修建的"尼克松小道",一砖一泥,完好无损地呈现在你眼前。你还会看到美丽的"尼克松广场",郁郁苍苍的"尼克松植物园"和"中山纪念馆"。依在黄沙河边的"江南书院",院外绿树环绕,鸟语花香,院内古香古色,墨香淡淡。蝉噪林愈静,鸟鸣院更幽。是一个静心读书作画弹琴下棋的绝佳之地!

无事么?那就学学太白先生"闲来垂钓碧溪上",扛一根渔竿,走出屋外,在江边随便择地而坐,说不定就能钓上一两条又肥又大的鳜鱼,该让那唐朝诗人张志和也艳羡不止吧。如想当当渔翁,那就解开系在漓江边的竹筏,领上两只鸬鹚,长篙一点,便可在悠悠漓江上做一回真正的渔翁。

在这奇峰罗列的漓江边,不爬山是有些遗憾的。最适合爬的就是江对面的磨盘山，这也是漓江沿岸著名景点之一。山体岩石层叠如巨型的石磨，山上巨石嵯峨，形态各异，既有悬崖峭壁，又有茂密的苍松翠竹，山顶西端还有一块天然巨石，似一头水牛趴在山上正"举头望明月"！宋朝大将狄青曾在此扎帐率军，并留下了"藏宝洞"的传说。小心地攀爬，说不定会一脚踩进"藏宝洞"！

清清的漓江水绕磨盘山脚逶迤南去。横跨漓江，连接着大圩古镇和磨盘山的桂磨大桥，就像是握在古镇手中的一个大磨柄，推着这一"千年磨不完，万年流不尽"的巨大石磨……

仁者乐山，智者乐水。

有此山此水，夫复何求？

油 茶

喝油茶，是我们瑶族独特的一个饮食习惯。在珠海，当有人问我瑶族的特色时，想来想去，唯有油茶是被保留得最完整的，不仅没被汉化，还流传愈来愈广。

桂林的瑶族人口只有3%，但我记得还在1994年，桂林的凤北路小巷里就有了油茶一条街，大大小小的店将近二十家。从早到晚迪迪笃笃地打个不停，来的人，瑶族的少，不是瑶族的多。因为瑶族人无论居住在乡村还是城里，在家必定天天打油茶，用不着去外面喝，也觉得外面的总没有自己打的好喝。只有那些喜欢喝油茶的非瑶族人，自己不会打，只能常常来这里解馋。只要是真正的瑶族人，像我，无论走到天涯海角，都要背着油茶锅走。没有油茶，在异乡是没法长久生活下去的。

喝油茶会上瘾。一个没喝过油茶的人，但只要真真实实地喝过三次以上，基本便会离不开油茶了，这便是油茶流传越来越广的重要原因之一。

油茶，对于瑶族人来说，比米饭更重要。一些年长的老人，只要两天不喝油茶便会生病，似感冒又不似感冒，吃药不管用，喝上两碗油茶便好。瑶族的早、中两餐以油茶为主，晚上才做米饭。油茶还是我们待客的主要食物，无论什么时间，只要客人来，也无论是认识还是不认识的，主人便会张罗着打油茶，泡茶叶、洗生姜、摘葱、炒花生……遇到某天客人多，茶锅无法端下灶。

茶叶，要用我们瑶山自产的绿茶，越高山的越好。市面上平时大家泡茶的绿茶是打不出好油茶的。只有瑶山茶叶，才能打出浓而不涩、苦中泛甘、香气扑鼻的油茶来。水也关键，最好的是山泉水，自来水是无法打出好油茶的。

茶锅也是特制的。一定要用生铁，用传统的方式打制。锅不用太大，每次能煮一到两升的油茶便行。太大，打出的油茶不香。太小，人多没法用。要有把手，再装一个木柄，把手左边留一个出茶口。油茶一开，就可以拎着木柄，一个碗一个碗地往里倒油茶。当然，还要用一个竹编的漏勺，把茶叶隔出来。

打油茶要先将油茶锅烧热，放一点油，最好是猪油，放入几粒花生米或一小把绿豆，用油略略酥黄，再捶得烂烂的，放入葱白、老蒜捶得香味飘出，再放入洗好的茶叶与姜一起捶，待茶叶的香味飘出来了，再加入适量的开水或热水。待茶一开，加入盐，再用竹漏滤到放有香葱段或香菜段的碗里，一碗香浓的油茶便制成了。打油茶看似简单，但每道程序的火候把握也决定着油茶的口感。比如，茶叶不焦香就放水，油茶味会发嫩，过于焦，也不好喝。所以，同样的材料，但打油茶的人不同，油茶味道也不一样，那每家的油茶味道就更不一样了。所以，在恭城瑶族自治县，即便是在县城，也如乡村般，今天你来我家打油茶，明天我去你家打油茶，同事、朋友整天呼朋引伴，没有城里的那种生疏与隔膜。

"一碗苦，二碗呷（涩），三碗四碗好油茶。"油茶要打到第三、四锅，茶叶本味出来，才是最好的油茶。懂得油茶的人，是肯定不会错过最好的那两碗的。

与油茶相配的佐料特别多，最基本的得有炒米、花生、麻蛋果。炒米，用糯米制作，工序复杂：糯米先用水泡透了，捞出来，滤干，放到蒸锅上蒸，熟后再倒在棚垫（竹篾编的）上摊开晾干，尽量将饭团捏散，不能晒，要阴干。将干未干时，再用臼来舂，将其舂成一粒一粒的、又略扁时，再阴干，所以也叫"阴米"。吃的时候，再用热油炒，就成了炒米。花生，可油酥，也可小火素炒。我家的习惯是素炒，直至现在，我做油茶时也仍然喜欢花生素炒。麻蛋果，糯米红糖制成，比花生粒略大。工序过于复杂，我也说不清。这三样，是油茶佐料里必不可少的，我们的顺口溜是"恭城（恭城瑶族自治县，瑶族人主要聚居地之一）油茶好吃好喝，炒米花生麻蛋果"。还有许多其他的，苞谷啊、豆子啊、排散啊等等，根据家庭生活水平与口味加减。

经常有人问我，油茶当正餐能吃饱？呵呵，油茶只是串起那餐饭的"线"而已。还要有炒粉、粽子、炒粉利、年糕、红薯、芋头、玉米，等等。有客人来，还要加上荔浦芋扣肉、啤酒鸭等等大菜。哪怕两三人吃，也要有个七八样，不然那顿油茶就是

"寡油茶",是不成样子的。

绕着"送"油茶,一年四季,瑶族人变着花样弄吃的。冬天酿新鲜的香菇、蒜白、冬瓜、柚子皮,春天酿南瓜花,夏天就更多了。每个节气都有要做的糯米粑粑,清明艾粑、端午粽子是必不可少的,六月六,也要称之为半年节,要做狗舌粑。一到节气,女人们要提前两三天把手上其他的活都放下来,着手做各种吃食。说瑶族是个好吃的民族,一点不为过。

爱书情结

现在说爱书。视书若珍宝，似乎总有点附庸风雅的嫌疑，对于我这样一个时尚女孩儿来说，"嫌疑"就更重了。

我的爱书情结缘于父亲的"抠门"。小时候，一家十几口人，老的老，小的小，读书的读书，全靠父亲一人支撑着。父亲每次去山外赶圩，我们兄妹几个总是眼巴巴地盼望父亲能给我带一些好吃的东西回来，哪怕小小的一粒糖果。而父亲每次带回来的都是两分钱一本的小人书，还美其名曰"精神粮食"，要我们轮流"分享"。慢慢地，我也爱起这些"粮食"来，总是小心地将它们珍藏在我唯一的一只大木箱里，一遍又一遍地看。

上小学三年级的那个暑假，一个人待在家里整日无所事事。那一箱子的小人书早就是倒着都能背了，我开始窥伺起大姐的那些"大部头"来。一日，待家人都出门了，我偷偷溜进大姐的房间，拿了那本厚厚的《幸存者》来读。我怕大姐责骂，每天都在他们回来之前又按原样悄悄地放回去。此后，便成了"惯偷"，从《红豆》到《剧本》，从蒋子龙的《燕赵悲歌》到郭小川的

《团泊洼的秋天》，都一一偷来读过。虽过足了书隐，可心里老是七上八下的，别人一说"小偷"二字我脸就红，直到读了孔乙己，便总不忘给他添上"先生"二字。

上初中后，父亲和母亲不再让我看与学习无关的书，总会冷不丁地撞进房间来"查岗"，唯一安全的地方是厕所，所以每天至少上三趟厕所，总要母亲催三催四才肯出来。好几次母亲都狐疑地站在门外看着我，幸好总是把书挟在腋下或贴着身子插在裤头上。如今，早就不用偷偷摸摸地在厕所看书，可上厕所时没有书，什么也干不了，只要有本书在手上津津有味地读着，不仅可顺顺当当地排除废物，其味也"充鼻不闻"了。

喜读书也好藏书，不管是新老破旧一律进我的藏书宝库。

书多了，自然会惹来借书的烦人之事。不借，会背上"小气"的恶名。借，十有八九是"老虎借猪"。小的时候，我在每本书上写着：有借有还，再借不难，借了不还，全家死完。很恶毒，但效果却出奇的好。现在不可能再使用小时候的伎俩，所以还是丢了不少的好书，令我心疼不已，只有仿效文人，在书架上贴着"概不外借，免开尊口"。

逼着我厚着脸皮借钱买房子，也是我的那些书。没买房之前，住着逼仄的公房，只能放下一张床，我只有把常读的堆放在床上。其余的只能用纸箱装好塞进床底，虽隔些时日就翻出来晒晒，到底是很不放心。如今，看着我的书们悠闲立在房间一排排干净宽敞的书架上，我的心终于踏实了下来。

静夜里，捧一本书细细读来，瞬间便穿越了时空。月夜下的李白正举杯畅饮，吟着"人生得意须尽欢，莫使金樽空对月"；悠悠的秦淮河被裹在桨声灯影里；美丽的楼兰城里商队络绎不绝，声声驼铃清脆悦耳……白日的喧嚣和繁杂早已被淹没在这横穿千年历史，纵越万水千山的愉悦里。

在这被书环绕的屋里入睡，梦都是香甜的。

银　坑

　　风，凉凉的，树叶哗哗脆响着。秋，到底是来了。秋风似乎把脸上的愁容，心里那些疙疙瘩瘩都吹走了。一切都亲切起来，可爱起来。赛车场的呜呜巨响，也不那么讨厌了。

　　草，依然青葱翠绿，没有一点点凋零的意思。远山、近树依然如黛，黄叶，是没影的。我倒期望它们像北方一样，秋风一吹，草木渐黄，落叶飞舞，给我一个浓浓的、醉人的秋天。珠海的秋天是淡淡的，它只在风里，不在色彩里，你若粗心，就会被忽略在窗外了。北方的秋浓，但短。珠海的秋虽淡，但很长，冬天是秋天，早春那一地的落叶，也还是秋天的味道。

　　这个时节，去银坑渔村走走，最好不过了。

　　阳光温和，海面、砂石水泥混合的小路铺满夕阳浅浅的金波。村头简易的小饭馆，屋外搭着棚，几张饭桌，一张桌球台。未到吃饭的点，几个年轻人光着上身打球，裸露的肌肤也抹上了一层淡淡的金色。挤挤挨挨的房屋，有高有低。高的大抵是近二十年建的，窗户很小，又很高，抬头往上望，有点像"城堡"；

低的都是老房子，满墙绿青苔，厥、野草在墙头随风摇摆。往旁边小巷探眼望去，弯弯曲曲，一只黑猫"喵呜"一声，一蹿便没了踪影。

码头才是热闹的，渔船一只接一只，从天边远远地开了回来，老人、孩子、女人提着筐桶聚在这，解网的解网，捡鱼的捡鱼。他们也会在忙乱中好奇地看我一眼，既不像来接渔船的，也没有买鱼的意思。我，只是一个"看客"。

吃过晚饭，或更晚一些来，才是最美的享受。月亮悬挂在灰蓝的天幕上，月华与大海的水气相接，泅晕出一片空蒙来。远处几个海岛时隐时现，再远一些的，常常就分不清是云还是岛了。

秋天，它总让我生起许多莫名的欢喜，许多莫名的感动。因《故都的秋》喜欢上了郁达夫，因"秋风萧瑟天气凉，草木摇落露为霜"的美妙，也不认为曹丕奸诈了。

春天万物生长，虽好，但总觉得拥挤、潮湿。

银坑的秋天，疏疏朗朗，明明净净。没有夏天的溽热，没有冬日的寒风朔朔，温暖，安静。

河西走廊散记

这次采风，是河西走廊，从敦煌到张掖。受不了西北浑厚苍凉的诱惑，我这个懒人也终于拖着行李，随采风团前往。

绿洲敦煌

敦煌，是大漠里的一小片绿洲。精致，干净。

莫高窟，分南北区，我们去的是南区。南区一共是四百八十七窟，为了保护，游客只能参观其中八个。跟着导游一个一个地看，没有惊叹，就像一个多年不见的老友，只是徒增了岁月沧桑的感伤。无论它多么的宝贵，可终究是经不起岁月，经不起人类的折腾。我们今天看到的，早已不是原来的莫高窟。走廊变成水泥的了。壁画褪色了，剥落了，没补的，破旧不堪；补上的，又失去了原来的韵味。第九十六窟的大佛，从唐朝开始，经宋、西夏、元、明、清，每重修一次，就缩小一次，现在，只有通过地基遥想昔日的辉煌了。

经过道士塔时，梅老师说要照相。这个发现了藏经洞的王道士，被人骂了好多年了。他将藏经洞的一些经卷卖给了外国人，在国外引起轰动，成就了敦煌的名气，而自己成了人人唾骂的"贼"。

实际上，王道士发现藏经洞后，就急匆匆地带上两卷经文，徒步了五十里去找县令，县令觉得那不过就是些废纸。过了些年，新县令来，王道士又赶紧汇报，也无果。王道士不甘心，又骑着毛驴风餐露宿几百里去酒泉找道台大人，道台大人认为那些经卷上的字还不如他自己写得好。唉，那就给"老佛爷"写密信吧。但在那个风雨飘摇的年代，就那个"老佛爷"，当然还是泥牛入海。那个时代，有几个人懂得它的价值呢？还只有这个王道士把它们当成了宝贝，不停地"献宝"，可惜无人理会。斯坦因来了，半哄半买地弄走了一些。当斯坦因把这些经卷公之于世，引起轰动，中国官府才知道这些个"废纸"是宝，下令运抵北京保护，但每到一处便丢失一些，到北京已所剩无几，也无人追究责任。以至于斯坦因第二次来到敦煌时，王道士向他说，后悔没有让他把经卷全部带走。

的确，通过断断续续地出让藏经洞的经卷，王道士一共获得了一千五百两之多的白银，在小小的敦煌成了一个富翁。但他拿着这些银子既没有盖房娶妾，也没有去吃喝玩乐，而是雇人抄写经卷，清理洞窟的积沙，并还想着重修大佛殿。他，只不过是在错误的时候，打开了藏经洞的门。也许一直到死，他都在后悔，后悔在发现藏经洞时，打开了藏经洞，而不是将它继续封存。现在的我们，有几个人有资格骂王道士呢？

月牙泉越来越小，这是早就知道的。但当我见到它时，还是惊异于它的小，不用五分钟就可以转一个圈。沿着泉走的时候，脚下大概去年还有水，满地芦苇芽芽，不到一寸，我小心地走着，怕伤着了他们。这个几千年来水不多也不少的神泉，曾经是清洌甘甜的，还有据说吃了能长寿的鱼。这些年，月牙泉在缩小，不停地缩小，就那么一点点了；水质混浊了；鱼，早就绝迹了。月牙阁仍默默地伫立着，眼睁睁看着这个因它的存在才有了自己的月牙泉一天天地老去。

当地政府很着急，请来众多专家察看原因。地质专家弄清了：月牙泉的形成是靠两条地下河流交汇相撞形成，现在人口增加，绿色减少，地下河的水也越来越小，撞击力小了，泉也小了。地下河的水再减少，月牙泉就只能消失了。敦煌人小冯说，为了让月牙泉不消失，敦煌不消失，政府准备投资几百个亿，将水引过来。引水，这是权宜之计，可目前只有这个办法是有效的。但如果人类急功近利的习惯不改变，终将有一天，无水可引。我曾记得，小时候门前有两条河流：大河、小河，现在只能称之为大溪、小溪了。朋友的老家在天水，他说他小时候在河湾里抓鱼，现在河湾早就不见了。短短的三十年，一条河流就永久地消失了。在西北，如若统计这三四十年里有多少条河流消失，那恐怕是个令人心惊肉跳的数字。南方虽多雨，未必永远有河流。

夜市上的小摊较之于南方的一些城市，更干净，更整洁些。

卖桃干、杏干、枣子等果脯的，卖木刻工艺品的，卖印章的，卖玉的，琳琅满目。木刻的摊点都是凤凰花卉之类，都很精美，但没看到刻飞天的。为什么不刻最有特色和有代表性的？是买的人少吗？当时光顾着看那些东西，竟忘了问，过后才疑惑。梅老师是个文化人，买了木刻，孔雀牡丹的。子琴买了好多条披肩送人，花色也还美。我是个好吃的人，先是买了点桃干，边走边吃，没有加糖，是纯天然的，味道很好。城市里的东西，硫黄、色素、防腐剂，都是毒，以至于我认为，现代人不是老死的，是被毒死的。我又花三十元治了一枚印：花开见佛。这几个字是我早想治的；木质印章，是我一直想却没买着的。这，满街都是木质印章，而且还是我心仪已久的胡杨木，真是天赐良缘。胡杨木是沙漠中的神树，素有"生而一千年不死，死而一千年不倒，倒而一千年不朽"之说，也是沙漠中最美的树，一到秋天，满树金黄的叶片，让多少摄影家魂牵梦绕啊。即使是枯死的胡杨林，亦是一种奇异之美。

回来取印，很可惜，匠气太重。终究只是工匠，而不是艺术家。

戈壁三剑客

敦煌一夜，第二天一早，我们就坐车沿着河西走廊去嘉峪关。这个走廊，实在是太大太宽了，右边的祁连山还清楚可见，另一边的山脉不知在哪，戈壁一望无际。戈壁是灰色的，植物也是灰色的。小冯说，这里的戈壁滩上只有三种植物：红柳、骆驼刺、锁阳。我把它们称之为"戈壁三剑客"。锁阳是寄生的，寄生在红柳和骆驼刺的根须上。"戈壁三剑客"很低调，颜色灰灰的，一点也不打眼，最高不超过一米，一窝一窝地长，但地下的根须却常常是几十米。树不高，根系发达，又粗，又极深，可以想见，有着"三剑客"的戈壁滩下，是怎样巍峨壮观的一片"森林"！正是这些庞大的"森林"牢牢地抓住了风沙。一株红柳或骆驼刺，就能固定住周围五六平方米的风沙。它们又是极耐旱的，洒下种子，一点点水，就活了。无疑，它们是真正的剑客，独步戈壁的剑客！

千百年来，戈壁滩上的人们用红柳、骆驼刺来取暖、生火做饭，饲养唯一的交通工具——骆驼，用锁阳来煮茶、泡酒、强身健体。现在有了煤、煤气，有了汽车，它们本可以生长得更多、更好了，可人们又开始疯狂追逐锁阳的各种功效，夸大锁阳的功效，让锁阳从当地人的日常保健，走上市场，价格一路攀升。挖锁阳，以前是当地有经验的老人，判断哪株红柳或骆驼刺上有成熟的锁阳，先做个记号，春天再来挖，挖完了再将泥沙填回去，也不伤着了红柳或骆驼刺。可是现在，在"钱"这个魔鬼的驱使下，什么人都挖，什么时节都有人在挖，成熟的不成熟的都挖，到处乱挖。挖完了，也不将泥土填回去，因为时间就是金钱啊，谁还管红柳和骆驼刺的死活？"三剑客"能抗击严寒、干旱与风沙，却无法对付对金钱着了魔的人类。近些年，政府虽已下文不许随意挖锁阳，可是又有几人能挡住"钱"这个魔鬼的诱惑呢？

盗挖变得更疯狂。正如那一句公益广告词：有了买卖，就有了杀戮。所以，我没有买，哪怕它是灵丹妙药。买的是一根锁阳，但也许就毁掉了一棵红柳或骆驼刺，多了几十平方米的沙漠。作为游客，买点果脯倒是应当的，因为能为当地的农民增加点收入，也能促进当地绿色经济的发展。

从敦煌到嘉峪关有四百多公里，全是戈壁，过往的车辆很少，不见动物的踪迹，只有灰不溜秋的"三剑客"或稀或密的在路两旁延伸。古丝绸之路大概就隐没在这条高速路底下，古人若能穿越到现在，不知是何种心情。世间之事，有得必有失。我们可以坐在车里，开着空调，日行千里，舒适了，但我们离真正的戈壁远了，无法细细地去感受它的体味与气息。古人风餐露宿，一步一个脚印，把戈壁上的落日星辰、月升露明都收在了眼里，而我们像一阵风，风过，落下的只不过是一把黄沙和几片枯叶。现代人类的一切都在快快快，已经忘了，只有慢下来，才能体会到自然、人生的况味。

我们，再也写不出"大漠孤烟直，长河落日圆"般壮丽优美的诗句了。

天下第一雄关

嘉峪关在河西走廊西端，之所以在这里建关，当然最重要的，这是走廊最为险要之处，容易拦截抵御外敌的侵扰。往两边山脉只修筑了十五公里长的城墙就将走廊拦腰守住了，犹如一个人张开双臂，一边搭在祁连山上，一边搭在黑山上，形成"一夫当关，万夫莫开"之势。自明朝修建起此关以来，外敌便只好另选路径入侵了，这里变成商人们出入的重要口岸。从这里出入，都要有一本类似于现在护照的"关照"，因为商人多，货物多，为了快点通过，商人们常在"关照"下放银两，这便有了"请多关照"这一句话的由来。

嘉峪关，是万里长城的发端，但我们在说万里长城的时候，总说"东起山海关，西至嘉峪关"，并称山海关为"天下第一关"。事实上，嘉峪关比山海关早九年开始修建，规模宏大；地理位置尤其重要，西出直通中东、整个欧亚大陆。但中国人喜欢依龙脉说事，按龙脉来说，山海关地处龙头，应为首，嘉峪关为尾。所以山海关为"天下第一关"，嘉峪关居其次，称"天下第一雄关"。谁居老大，并不重要，重要的是嘉峪关的完整保存，让我们不用考古，直接可以看到明代建造技术之精湛与坚固。在建之前就计算好要用一万块砖，最终修成，用了九千九百九十九块，最后一块放在城头，成为"定城砖"，至今仍在。每建一段墙，都要验收，在规定的射程内射箭，若箭进了墙，建这一段墙的人就要被杀头。正是这种精湛的技术和严酷的验收，让嘉峪关经历了近千年的风沙剥蚀而不损，依然挺立于河西走廊。

嘉峪关市是一个新城市，1965年建市，最大的最主要的企业就是酒钢，这个城市也是因酒钢而建。街上绿树成荫，市区绿化率达91%，比南方最好的城市还高，街道宽阔而整洁。你很难想象，这里曾是一个不毛之地，地表都是盐碱，为建设这个城市，当时的嘉峪关人，从几百里外拉土来，一株株地种上，一株株地浇水，用当地人的话说，种棵树比养个孩子还难。最让我惊奇的是这个地处荒漠、三十万人口的小城居然人均 GDP 达到一万七千多美元。西部，并不如我们所想象的那么贫穷与落后。其实，无论在哪，只要不辞万难，人类便总能制造出奇迹，万里长城是，嘉裕雄关是，嘉峪关市也是。

临泽三奇

张掖市把座谈会放在了临泽县开，开完会，当地文友陪同我们去看县容县貌。说是县城，其建设却完全是按一个高标准的城市来修建的。道路宽阔，绿树成荫；高楼低屋，错落有致；修一个大湖，挖出来的泥顺便又筑成一座小山坡，既省人力，又多一景。黑河最大的支流穿城而过，两岸是公共绿地，杨柳成林，绿草青青，小径穿绕，石雕诗词如林。穿行其中，恍惚间会以为这是江南，忘了这是一个县城，一个西北的县城。我暗叹，能将县城建得如此品质，真是件不容易的事，暗想一把手大概是个既有魄力又有文化品味的人。果真，河岸一块书状的石雕刻有县委书记用小楷撰写的文章。文章来不及品读，但小楷隽秀金骨，功力不凡，现称书法家的很多人未必能及。一个地域的党政一把手，能有如此的文化气息，并不多见。现在的人，习惯于把做不好事，归结于钱少。认为城市建设也如人的装扮一般，钱越多才能打扮得越好。实际上，人也好，城市也罢，用钱堆出来的，肯定是俗气，而不是品位。用最少的钱，做出最好的效果，才是真正的艺术。这，只懂经济做不好，只懂管理也做不好，一定还要懂文化才行。一个职能部门或一个副职，专业一些是好事。一个地域的一把手，只专不博，不一定是好事。现在不是看到结果了吗？经济发展了，生态环境、人文环境都被糟蹋了。我们常说，缺德，缺诚信，缺这缺那。归根结底，是缺文化。文化是魂，是德、诚信等的精神住所。城市是人的居所，没有文化的城市，人是很难有真正意义上的安住。

临泽还有一个好去处，是最近被评为世界最美丹霞地貌之一的张掖丹霞地质公园，《三枪拍案惊奇》的拍摄现场。《三枪》内容无聊，但那个景观确实是用得上"壮观"一词，很刺激眼球。张艺谋到底是搞摄影出身的，无论拍什么电影，画面一定拍得很美。《三枪》不例外，很美，甚至美得有点触目惊心。能实地再看看美景，当然是求之不得的事。路还没修好，有些颠簸，东摇西晃感觉也还不错。爬上山顶，五彩斑斓，但解说小姐说，来得早了些，若是再晚些，等到夕阳西下，彩霞满天的时候，美得让人无法用语言描述；若是早上，朝阳刚起时，也是好美的。我能想象，这么一大片丹霞，在晨辉晚霞的云光之下，那会是一种怎样惊人的美！现在这样，我已看不够了。远处最高的，像一巨大的卧佛，山脚还有莲花座，莲花座下一群披着袈裟的大大小小的和尚们伏在地上顶礼膜拜，大概是突然看见佛出现了，来不及整理队形，凌凌乱乱地匍匐在地上，有两个连方向都搞错了。山的另一边，是一片七彩丹霞，有人说像五花肉，倒也蛮形象的，只是和尚们听见，怕要生气了。山坡上还斜爬着一只猪，懒懒的，倒卧着，朝着卧佛方向，半闭着眼睡懒觉呢。有小飞机，可以在空中看丹霞全景。子琴，刚飞上去，一分多钟就下了，怕。三位先生，到底是男人，各自上去飞了一圈，俯瞰了一下丹霞全景。我恐高，打死也不敢上。麻子面馆，就在山的后面，来不及去看了。

比丹霞还让我惊奇的是这个景区的总经理，皮肤黑黑的，微微有点古铜色，额头、眼角不少褶子，头发也快全白了，我估摸着六十有余了。我和他一聊，吓一跳，七一年的，才比我长几岁。戈壁催人老？再看看其他人，七十年代就像七十年代，六十年代就像六十年代的，没有误差这么大的。三岁，母亲不在了，跟着哥哥嫂子长大，十六岁分家单过，一个人就一床被子，就从这一床被子开始，挖煤，当煤矿老板，出事故，赔光所有的钱，又从头开始，反复折腾了二十来年，前几年把煤矿卖了，投资丹霞山了。我说，呵，李总，你有眼光，这是个有长远生命力的产业，又是绿色产业。他说，附近还有好多的地，要建葡萄沟啊，酒庄啊，生态园等等，现在感觉文化不够，因为初中都没毕业。我说，读书少不等于没文化，读书多也不等于有文化，社会才是所大学校，只要肯学，比大学所学的东西有用得多，很多成功的企业家都是读书极少的。听着他的规划与人生故事，让我深深感受到，创业不容易，作为一个企业家很不容易，我们往往只看到别人成功的一面，却很少去想别人成功路上的艰辛，成功肯定不是偶然的。同时也让我汗颜，同为一代人，我的心在脸上，心胸便只有脸那么宽。这个河西走廊上的汉子,心在上千亩的土地上,心便有几千亩土地那么宽。

张掖大佛寺

夜宿张掖。

张掖作为古丝绸之路上的重镇,历史文化可谓数不胜数,玄奘西行取经,张骞出使西域,霍去病追击匈奴,连名字也是汉武帝取"断匈奴之臂,张中国之掖(腋)"之意,名之为张掖。佛法也是沿丝绸之路,从此传入中原,所以张掖曾是:一城山光,半城塔影。苇浮连片,古刹处处。现保存完好的有西夏大佛寺、隋代的万寿木塔、明代的弥陀千佛塔、钟鼓楼,无一不是堪称国宝级文物,分量最重的还是大佛寺,是全国仅存的四大皇家寺院之一。

虽只剩半天时间了,大佛寺是不可不看的。

进入院内,只有四五名香客,安静而宽广,几只麻雀在地上觅食,喜鹊在远处时不时叽喳几句。

这是一尊名副其实的大卧佛,耳朵都有4米长,总长34.5米,肩宽7.5米。双眼半闭,嘴唇微启,身上裹着薄薄的红色袈裟,丰满端秀,满溢着佛光宁静祥和之美,十大弟子在身后肃穆而立。古人描绘大佛为"视之若醒,呼之则寐,卧游三千世界,方知此梦是真空"。我不敢妄语,只是万分虔敬地双手合十,静静地观摩着这个出生在2500年前的伟大智者。

这个大佛的难得之处，不仅仅是佛大、寺大，重要的是从西夏崇宗永安元年（公元1098年）修建到现在，已有900多年了，没被损毁，颜色鲜艳，神态完美无缺。主框架是木结构，分上中下三层，九间屋子，放经卷、佛像等等，哪一间放什么，都有众多的讲究。外表是泥塑的，历经900多年，没有剥落，可想它质地之精良。

更让人吃惊的是，这个大佛寺真是个宝寺，内藏宝物之多，全国怕也是少见的。解说员每说一件，就足以吓我们一跳。别处视若珍宝逢重大节日才能看到的舍利子，这就摆放在橱窗内，每一位进去的人都可以观看。据说，后面的白塔里还埋藏着佛陀的骨灰舍利。

明代用纯金写的《大般若波罗蜜多经卷》共600卷，现保存完好的还有558卷，工正楷书，每半页5行、每行17字，每卷卷首置金线描曼荼罗菲画一幅。在面积仅0.16平方米的画面上描绘了佛、菩萨、罗汉、声闻、缘觉及诸天护法上百尊，尊尊线条规整、眉目清晰，线条细若游丝、畅如流水，内容佛道相杂、显密兼顾，其精致与细密令人叹为观止。现在观之，仍没有丝毫褪色，华美庄严，实至名归的镇寺之宝。

还藏有清代用金银粉手写经126卷，是顺治初年陕西行都司为补造大佛寺散佚佛经而遍邀张掖名士仿明金经制作，其书画水平均高出明代，尤其是《华严》《报恩》两经，各有1卷说会图是金线勾勒，以石青、石绿、丹石、朱砂、白银粉设色，被称为"五彩八宝佛画"，其历史、艺术价值不可估量，是无价之宝。著名佛学家、中国佛协会长赵朴初对这些佛经，尤其是金银书写经赞叹不已，称其为"国粹""国宝"。

不愧是皇家寺院，宝贝多得让人咂舌。尤其是经卷，所存之多，历史之久远，全国罕见，除上说的金经、银经外，永乐《北藏》共6321卷，现还存5300余卷，另有850余卷是清代初期墨书补造佛经，也极为珍贵；明金书五大部，现存100多卷；还有坊刻本佛经、墨书佛经、藏文经等等。还有明永乐佛曲，南曲122曲，北曲222曲，共344曲。战国铜立鹿，明沈周山水扇面，明十三相轮铜塔，元五股金刚杵，明重建卧佛铜记事牌，元代一组四件玉雕……

啊，太多了，若要一一细细看来，没有几天是看不完的。朝代更迭，战乱频起，天灾人祸，要躲过这些而留存至今，需要多大的幸运！如此多宝贵的佛经保留下来，有一个人功德无量，那就是僧尼本觉。还在军阀混战时期，寺庙方丈们为保护佛经，在大佛身后砌了一道夹墙，将重要佛经古籍装进去。本觉受命看护大佛寺期间，就住在夹墙背后，她很清楚自己除了守着寺庙，守着大佛，还守着什么，本觉一直到1975年圆寂时都不曾说出这个秘密，因为她很清楚，那时说出，这些经卷是难以保全的。寺内有碑文记载：

千年古刹，历经沧桑，寺貌依然；万卷佛经，稀世之宝，旷日弥久，珍藏如初。若言功德之巨当推僧尼本觉。本觉者，俗姓姚，1901年生于甘州，1975年初（农历腊月二十三日）火化圆寂骨粉葬于马蹄寺，年七十有四。

觉尼自少茹素，十八岁持名念佛，四十五岁受具足戒，严习毗尼，净念相继，日夜不旷。因之恩师道心法师托其赴永昌参禅，嘉其勤勉。四年后，法幢寺方丈谛贤委其代守张掖普门寺，其间，纤毫不犯，以至诚感信上师，年届五十二受命看护张掖大佛寺佛经至命终生西。

姚尼自受命守护佛经，自甘孤苦，雨更雪更，护持不怠，使《大般若波罗蜜多经》等经籍共1621部、636函、5795卷，至今完好无损，其守寺护经之功绩令人颂仰，兹勒石以彰。

若本觉也与王道士一样，把夹墙打开，这些佛经恐怕也逃脱不了被焚烧的噩运，她也与王道士一般留下千古骂名。本觉依大佛寺而修行，大佛寺佛经又因本觉而幸存，这不就是因果循环么？

时间太短了，好多来不及细看。

后悔早上睡了懒觉。

那一段时光

一

1990年,我参加中考。第一志愿有三个:中专、中师、桂林地区重点高中,这三个专志愿是平行的,只能选择其一。成绩还不错,这三个上线应该都没问题。但是,我很纠结。北大一直是我的梦想,但父亲母亲为送我们兄妹四个上学,起早贪黑地劳作,早已累得不成人样。如果上高中,再加大学四年,就是七年。七年,难道还要让他们为我付出七年?我问父亲,父亲让我自己选择,并说无论我做怎样的选择,都愿意供我。我折中,选择了桂林民族师范,它是广西最好的师范,免学费有补贴,四年制。我想多读一年。

20世纪的80年代末90年代初,中师、中专是最热门的。它短平快,一经录取,户口为城镇,身份为干部,毕业出来工作分配。所以,无论农村还是城市的学生,首选中师、中专。当然,有些成绩极好,家庭条件也好的,会在第一志愿填"地高"。"地高"是全地区十二县的重点,进了"地高",等于已有一条腿迈进了大学。

师范,因为要教书育人,面试便严格了许多。身体要绝对健康,长相也要端庄。和我一起面试的一个女孩,在踩脚印时,是平足,面试老师当场就说不要了,女孩就哭了起来。我们九〇级还有一个,肺部有阴影,母亲在县医院工作,面试时帮他想了办法,但入学后再次体检时,还是被检了出来,勒令退学了。更让人觉着苛刻的是,姐姐一个同学,连续两年都上了师范的线,面试两年不过。我们都觉着奇怪,因为她人长得漂亮,成绩又好,身体又健康,表达也没问题,没有理由不过。后来才知道,是因为两只眼睛一大一小,过于明显。实际上,不仔细看,根本看不出来。

我在面试时,也有些小小的波折。我家在灵川、灌阳、恭城三县交界之地,父亲属灵川县,母亲属恭城县。离灵川最近的中学都有七十多里的山路,但离恭城的泉会初中只有十来里,而且这里的学风又好。我那时才十岁,父亲把我送到了泉会初中。同时,为免交一学期二十元的"跨县费",把我的户口转到了舅舅户口本上。面试时,老师认为我不是少数民族,是想通过这种方式升学。实际上,父亲哪懂这些,只是想少交点钱而已。我如实向面试老师说明了情况,老师大概也理解了。后来,我顺利拿到了录取通知书。到了学校后,早就不记得面试的那个老师是谁。一次,伯奶奶来学校找我,她只知道我是九〇级的,不知道哪个班。她正好遇着一个熟人,便向他打听。巧的是,他正是我的面试老师，还记得我，并知道我在七班。奶奶说，那是黄老师，多年就认识。在学校，一直没遇见过黄老师，大概是我已不记得他的样子，遇见，也不认识了。一直到现在，我偶尔会想起，也仅知道他是黄老师而已。

二

桂林民师，全称"广西壮族自治区桂林民族师范学校"。它的前身为1935年创办于南宁的广西省立特种师资训练所，1937年迁至桂林横塘，1942年改名广西省立桂岭师范学校，1947年迁至现址（桂林七星公园旁的建杆路）。1951年改广西民族师范学校，1953年改广西省桂林民族师范学校，1958年广西壮族自治区成立，改现名。

桂林山水名满天下，校址放在桂林，吸引力当然大大增加了，无论老师，还是学生。

学校的待遇还是蛮好的，每月发饭票三十斤，菜票二十四块五毛，基本上不用自己再掏伙食费了。饭票我们女同学通常是吃不完，送给男同学，或去饭堂换菜票。每月还有五块钱的助学金领取。校服也是发的。

因为桂林美丽的山水和学校在全区的影响与地位，师资也相当不错，好多老师宁肯教我们这些师范生，也不愿去南宁、柳州等地的大学。所以，我们也有缘做了一些很有些名气的老师的学生，比如音乐老师王祖阳，教美术的好几个老师也都是从国外留学回来的。现在回想起来，真无法想象他们当年是怎样耐着性子，教我们这群一点基础都没有的学生的。进入学校之前，钢琴都没见过，可是要学会弹琴。王祖阳老师用整一学期教五线谱，再用整一学期教音阶。但直到现在，我仍听不出是"1-3"还是"3-5"。我最不喜欢的就是音乐课了，实在是没感觉，一上课就犯愁，生怕老师让我站起来回答问题。四年级考琴的时候，那几首曲目虽然能用脚踏风琴叮叮咚咚地弹完，顺利过关，但离"会"弹琴真是还隔着老远。只有秀莲真正地学会了钢琴，她喜欢，而且悟性又好，每学期的选修课她都选钢琴。

同学中壮族居多，好多是从边远地方来，夹壮夹得很厉害。有的甚至无法交流，需要普通话好些的同学做翻译。一天中午，我在教室里练字，坐在我前面的韦嘉德说："我兔子终于跑了。"我说："啊？你怎么还养兔子？"他又重复，我还是听不懂。旁边的吴光洁就笑起来，说："是'我肚子终于饱了'。"诸如此类笑话还有很多，尤其是遇着北方老师给我们上课，学生回答问题时，常会笑料百出。我们的普通话考试是很严格的，普通话不过，不能毕业，所以像嘉德他们这些壮音重的人，好多时间是必须花在普通话上的。

每星期还有四节形体课。这对于男同学来说，是最烦的了。一个大男孩要学鸭子走路、兔子跳之类的，学得好，样子也很搞笑，学不像的，那种怪模怪样，更是让人牙都笑掉。跳舞，柔软性很重要，但十四五岁才开始，别说骨头，肉都是硬的。一次上课，做完常规的伸展、压腿，老师教我们小鸟飞的动作，男同学一张开双臂,就一个个硬邦邦地在那里扑腾,哪是小鸟飞啊,整个一老鹰抓小鸡!老师还要求带上表情:微笑,可爱。那几个五大三粗,长得有点着急的男同学,一笑就更像个小丑,滑稽得不得了。我们笑得气都喘不过来,老师也笑岔了气,连连摆手,让他们停下,去旁边待着去。只有学国标的时候,大家齐齐地有了兴趣,男同学在宿舍端着凳子都在练。毕竟学会了国标,就可以在周末的舞会上请喜欢的女同学跳舞了啊。我们女同学也是喜欢的,下了晚自习,也会在宿舍里练。学会了,周末就去本校的舞会,或是去隔壁地质学院的舞会。音乐声中,裙裾飘飘,我一直认为,那是女孩最美的时刻。步入舞会,就有许多认识或不认识的男同学过来请跳舞。但更多时候我喜欢和女同学跳,自由放松,舞步都要轻快许多。

  体育课的内容也很丰富,体育老师从篮球、排球、足球等球类项目到跳高、跳远、甩铁饼、投铅球田径项目一样一样全部教到,全部考试,中间也会穿插一些好玩的、不用考的项目,如太极啊、健美操之类的。体育也是我的弱项,每次考试都是勉勉强强过关。每个年级会有固定的球类赛事,二年级篮球,三年级排球,四年级足球。最有意思的是女子足球,一场赛事下来,一个球都进不了,大家还风雨无阻地在足球场上跑来跑去;有些人球都没挨着,一场球下来,从头到脚,一身泥浆水,很像那么回事。我也上过场,球是挨着了,但每次都像烫手的山芋似的,赶紧"弄"给队友。

  师范类的学校,就是要博,琴棋书画都得会一些。为弥补博而不专的缺陷,学校又开了各种各样的选修课,可以根据自己的爱好与专长去学一门自己喜欢的课程。秀莲就是这样,学会了钢琴。也有美术学得很好,成了专业画家的。我开始选修了书法,周末跟着唐纯波老师学书法后,就一直选修古典文学。顺理成章,后来读了古代文学的研究生。

三

毕竟是老学校,制度相当完善,管理非常严格。

六点起床,六点十分操场集合点名早锻炼,雷打不动。可怕的是冬天呵,天还是黑的,寒风呼呼地刮着,还是要半睁着睡眼,稀里糊涂地穿好衣服去上早操,常常有人衣服裤子穿反了都不知道,好在天黑,谁也看不清谁。这个时候大家就都想着做值日了,尤其是宿舍和教室的值日,头晚就可以把一部分做好,第二天就能舒服地多睡个二三十分钟。其实值日也没么好做,标准是部队的那种,口盅牙刷一条直线、鞋子一条直线、被子方正啦什么的。中午也要回去整理一下,因为除了早上检查,下午也会有人来检查,扣了分,班主任要批评的。上午早自习,四节正课。下午二十分钟的写字课再加三节正课。晚上七点看新闻,七点半到九点半自习。早晚自习、写字课都有学生会的人检查,说话的要扣分,打瞌睡的要扣分,总之,不认真学习就要扣分。九点半熄灯睡觉也有人检查、扣分。唉,整个一部队管理。当时特别羡慕隔壁地质学院的,不用出早操,上不上课也无所谓,晚上半夜不睡也没人管，通宵达旦谈恋爱也可以。

不这么安排得满当当的，也是不可能的。语数理化之类的主科要学至大一，还要学教育学、心理学、语言学这些与教育相关的科目，美术、音乐、体育、舞蹈也是重点课程。现在想想，若不是学校抓得紧，管得严，我们还真学不了那么多的东西。人，都是有惰性的。我们年龄小，又想着"铁饭碗"已经端上了，很容易就松懈下来。

学校没有清洁工人，整个学校割成若干个清洁区分给各班，值日生每天进行清扫。周末再大扫除，里里外外全部清扫一个遍。清洁区一有垃圾，就要扣分。值日生早中晚都得拖着扫帚在清洁区里去转悠一下。总有些男同学特别懒，地都快扫完了，他还窝在被窝里。遇着脾气好的女同学，不来就不来，扫完了就算。遇着脾气耿直的，就会骂，或板着脸，气冲冲的。谁都不想与懒人一组。劳动委员动了点心思，把那几个懒人和他们喜欢的女生搭配在一起。食堂那里的清洁区是最难搞的，负责这里的班级基本上获不了流动红旗。

与在中学不同的是，不是各科高分就受推崇，而是有特长就特别吃香。尤其是体育、美术、音乐、舞蹈类的，若特别突出，在学校就是明星式的人物。我在这些方面都不是特别擅长，所以也不是"明星"。普通，也有普通的好处。认识到自己太过于普通了，才能埋下头去认真地学。当时学书法，一是喜欢，二是父亲觉着我性子急躁，学书法有利于磨我的性子。虽然每天笔耕不辍地"挥毫"，因基础和悟性的因素，在学校也没特别突出，唯一一次代表班里去参加粉笔字大赛，也只获了个三等奖。八九级，和我同一个县的李启亮，经常搞书法展，经常参赛，经常获奖，让我艳羡不已。有特长在分配时也是特别有利的条件，李启亮毕业就留在民师附小了。

四

学校明文规定不允许谈恋爱，若经发现，开除。

我们虽是师范，但因为它最好，普师班男女同学比例是均衡的，体育班的男同学多些，但美音班的女同学又多些，所以总的来说，还是平衡的。这么多的少男少女们集中在一起，"规定"哪能控制他们萌动的春心呢？好在是，只要不公开拉手，不"出事"（就是有性行为），情书满天飞，学生科也不会处理。

学校的优越位置也为萌动的青春提供了温床。出校门往左拐两百米左右就是七星公园的侧门，往右拐三百米左右是桂林冶金地质学院，两个地方都是成片的老树林子，小径幽幽。现在回想起来，啊，那绝对都是恋爱的最佳场所。

七星公园下午五点后就不收门票了。公园成了我们活动的最佳场所，谈恋爱的就去谈恋爱，散步的散步，锻炼的锻炼。侧门进去五十米是栖霞寺，背靠普陀山，很小，香火旺盛。我那时并不知这个寺庙是唐朝时建的，有那么悠久的历史，只认为烧香拜佛是迷信活动，所以从来不进去。再往前一些，有上普陀山的石阶小路，但因人迹较少，怕不安全，很少从这上山。山脚边有个洞,叫元风洞,一到夏天,白茫茫地往外冒冷气,再热,往洞口一坐,浑身凉飕飕的。天热的时候,我们会先到那坐个三五分钟凉快了再走。久,也是不敢的,一会就凉感冒了。旁边还有个旱冰场,我在这学会了滑旱冰。

普陀山下的七星岩,是要另收门票的,班里组织大家进去过一次,我便再也没进去过。里面曾有八百名的国民革命军,被日军用毒气活活熏死。1945年桂林光复后,才将尸骨捡出合葬于山上的博望坪,就是有名的"八百壮士之墓"。

公园里有著名的骆驼峰,骆驼峰边有几棵高大的枫树,一到秋天枫叶红时,美极了。还有一个小小的园林,这是我从书上看到苏州园林以来,首次看到的真实的园林:曲折有致的回廊,奇石,鱼池,竹林,充分体现着精致之美。旁边还有一塘荷叶,一到夏末就开出荷花来,高高低低,清艳无比。池塘边上有一个清真寺,因着好奇,我们也进去过。骆驼峰,是没有路可以上去的,但总有人想爬上去。有人就爬到骆驼头上下不来了,打110由消防兵救下来。我们也去爬过,但只到脖子的凹陷部位就不敢了。公园很大,有很多地方是人迹较少的,我们三五个女同学是绝对不敢去的。又有很多野生的猴子,你若手上拿着吃的,冷不丁从哪蹿出来一只抢东西吃;手上没拿,若挎着包,它也会扑过来翻包,人都吓死。每年都听说有人被猴子抓伤。但这些偏僻幽静的地方,有亭台楼阁,又有石桌石凳,就成了谈情说爱的最佳去处,下雨也不怕被淋着。我至今好奇,这些恋人们当时究竟是如何与猴子们和平共处的。

地院也是个老校，房子大部分都是老式的俄罗斯建筑。右边倚着屏风山，就是那篇脍炙人口的文章里提到的屏风山。屏风山在校园内，没有作为旅游景点，没有游客，安安静静地给地院当着屏风。上山石阶小路有好几条，但入口都很隐秘，或在教学楼后，或在家属楼后，所以上山的人并不多。路在山上曲折，两边都是怪石，桂林喀斯特地貌所特有的那种怪石。石丛里长着野蔷薇、杜鹃这些灌木，更多的是细细密密的竹子，有黄金竹，也有棕叶竹，既不显得荒芜，又野趣盎然，这是我最喜欢的地方。夏天怕蛇，不敢去。但一到秋末冬初，阳光温暖，我和美珍就带上书，买上吃的，慢悠悠地在山上晃。累了，找一块平坦的石头坐下看书，或用书遮着眼睛躺一会。阳光暖暖的，时有小鸟在身边的竹丛里叽喳着，有时，调皮的小鸟还会来啄我们的头发。我们带着吃的，常常也会惹着蚂蚁"闻讯而来"，我们只好让位，另择地方。偶尔也会有些不平静，那就是遇着躲在这里亲昵的恋人，好像自己惊扰了神灵似的，赶紧躲得远远的。不认识的也就无所谓些，若认识的，大家都闹个大红脸，好久了，遇着都还觉着不好意思。有一段时间，学校风行织毛衣，我们便把要织的毛衣也带上，想看书就看书，想织毛衣就织毛衣。这么幽僻的所在，当然是恋人居多，像我和美珍这样的，也只有我俩。

五

一年级住的是平房，二年级我们搬进了学校新起的一栋公寓楼。搬进去才发现，公寓楼就在围墙边，要命的是，围墙那边是地质学院的一栋六层的男生宿舍楼。除了一楼，我们二至六楼的四五百个女同学尽收他们眼底。

地质学院是女同学少得可怜的那种学校。这下可热闹了。

直到我们这边的自习预备铃响起，大家匆匆赶去自习，那边才安静下来。晚自习一下，又要热闹一翻。冬天，就安静了。冷风一来，我们就得关上窗，玻璃是花的，什么也看不见。他们也只好关上窗，"猫"冬去了。

静水深流。看上去安静了，实际上经过两三个月早早晚晚的嚷来喊去，早有些不仅有了联系，还真的恋爱上了。

我们宿舍阿紫不知什么时候和四楼的一个男孩好上了，每天便忙了起来，周末一大早就不见人影了，下了晚自习也要出去"溜达"一会儿，熄灯铃响才回来。有一次她回来悄悄塞给我一封信，一看她神秘的模样，我的脸都红了。是对面六楼的一个男孩，不过信里并没说什么出格的语言，只是谈谈人生理想之类的。我告诉阿紫，不可说出我的真实名字。

贝伦，第一个给我写信的地院男孩，我们倒真成了笔友，只写信，并不见面，一直持续到毕业。

渐渐地，我们这边与对面来往多了起来，有的是整个宿舍一起相约出去野炊的，有的是三五六个一起去看电影的，当然也有一对一恋爱的，像我和贝伦这样在纸上往来的，我想大概也是有的。十五六岁的女孩，渴望交往，但又害怕交往，纸上往来既满足了交往的需求，又绝对安全。大概也是因有了这样倾诉的方式，青春期，悄然地过去了。

但也有些男孩，并不想恋爱，只是想有朋友在一起有沟通和交流，这正合我意。和我最好的是广东南海的一个男孩，叫吴群帮，比我大个五六岁，个子不高，很文静，和阿紫的男友一个班。他一开始就说只要我做妹妹，我放心了，愉快接受。的确，他自始至终都把我当妹妹，一直叫我的小名"小兰"。我们不见面，书信往来。快毕业时，我们才约上各自的同学，出去照相，那次是二班的丽华和我去的。后来，还包过一次饺子，都很开心。毕业后，他回了南海，我们常常通信，说着各自的近况。后来，我的工作不停变动，联系就断了。到了珠海后，几次找他，但都没有找着。还有一个叫智峰的男孩，也是广东的，在学校就开始倒腾各种东西赚钱。有一次是卖书，但里面有盗版的，被警察抓住了，他又说不清盗版的来路。学校要他退学，他只好退了。那件事在他们学院影响很大。走之前，来向我告别。我说，无论怎样，都要与我联系。他回去后，没有音信。第二年，他从大庆石油学院给我写来了信，他重新考上大庆石油学院了。现在想想，他们都是四十出头的人了，即使遇见，不仔细看，怕也认不出来了。

六

毕业后，我被分配到桃花江边的一个中学。

学校离桂林北站很近，属灵川县。四周是农田和荒野，江对岸的山下，有一个十几户人家的村庄，桃花江从学校边弯弯曲曲地走过，往桂林市区去了。江面很静很静，像一块绿色的玻璃，我常常忍不住怀疑它是否在流动。河边水浅处，有绿绿的青苔，青苔下有很多的石螺。河中间的小岛，树荫覆盖，一到傍晚，便是小鸟们的天堂。

没有公共汽车通往市区，通往县城的也没有。但我很喜欢。

偶尔，我会骑着自行车回民师去晃一晃。出来，在对面的米粉店吃一碗米粉。

不当老师后，工作单位不停地变换，我也就每天忙着适应新环境、新工作，再也没回去过。

前些年，听说师范要取消了。实际上，从1999年开始，工作不包分配后，师范学校就不再热门了。再一个，九年义务教育普及多年，教师早就饱和了。

桂林民师与桂林冶金地质学院合并了，现称桂林理工大学。

那一堵围墙，大概也早已拆除了。

山中殇逝

在山里，狐狸是见不着的，但只要它在夜晚一叫，便有人要走。几次在夜里听到狐狸如女人死了孩子般凄惨的叫声，母亲说，又有人要走了。狐狸美丽，但人们对它的生厌，怕是来自于一直以来它寓意狡猾险恶。我从小对它的恐惧，是在山里它的叫声凄厌，还预示死亡的到来，这让我对山林也产生出莫名的恐惧。山林中的狐狸不因我的恐惧而闭嘴，还是叫，在叫过之后，便总有人死去。

一

记忆最早的一次，是我八岁那一年。晚上我在屋外洗澡，听到对面山上传来非常难听的声音，仔细一听，是狐狸。吓得我衣服都没穿，大叫着"妈、妈"冲进屋里。

第二天，是腊月二十三，送灶王菩萨上天汇报工作的日子，家家户户都要在这一天将家里家外打扫干净。寒冬腊月，很冷，但特别的忙。搞完卫生还要舂米粉做年糕，打糍粑，磨豆腐，做打油茶用的麻蛋果，杀猪等等。天一亮，我与姐姐便被母亲赶出暖暖的被窝，打扫屋外的地坪，母亲在做早餐，父亲也一直在忙个不停，在洗一年才用一次的打糍粑的舂和粑粑棰，做粑粑的板及粽绳等相关家什。

忽然，我和姐姐听到河对岸传来呼天抢地的声音，"不得了啦，快救人啊！"吓得我们俩同时叫母亲快点出来。母亲与父亲从屋里跑出来，透过树的缝隙，看到河对岸那两户人家的人在跑上跑下，是出事了。父亲穿上衣服便急匆匆地跑了去。听到屋下边也人声嚷嚷，原来是住在下边的全叔仁叔两屋人也听到了，全叔仁叔也赶了去。大山里，一旦有事，听到呼声，男人们就会在任何时候放下任何事情倾巢出动。母亲忧心起来，大过年的，别出什么事。屋旁的树又高又密，挡住了视线，看得总是不太清楚，母亲又爬到楼上的看楼上去看。

河对岸这个山洼只有两户人家，下边这一户是两口子带着三个还不到十岁的孩子，上边那户是全村的困难户，男主人老实巴交，不到四十岁的人，看上去却像六十几岁的老头，见到谁都论亲论辈分地叫，总把别人叫得比他高一辈，一遇见我也是叫"娘娘"。我问母亲，我真的论辈分是他的娘娘吗？母亲说，他是这样的人，他叫你，你应着便是。那人的妻子是个盲人，生了两个女儿一个儿子。大女儿十四五岁，已是个大姑娘，二女儿十二三岁左右，小儿子也应是八九岁的光景。盲人是干不了活的，只能在家摸索着做点家务，在这大山里一个人要养活一家人不容易，何况这男主人也只是死干活，不太会打算的人。所以，一家人穿的衣服总是补丁摞补丁。母亲常说可怜，说要是因懒惰而穷的人是不用同情的，但这户人是因能力有限造成的，应该多帮帮。一旦我们的衣服有不大常穿了的，母亲洗干净拾掇好便送去。大舅舅只要到我家来，也总要给他们送点东西去。穷人的孩子早当家，三个孩子倒都很乖巧懂事，没书读，跟着他们的父亲从早到晚在田地间忙碌着，但没见着比别的孩子多些许的忧愁，见了谁都甜甜一笑打个招呼。母亲在看楼上瞅了一会儿说，怕是上面那户人家出事了。能出什么事呢？母亲惴惴不安地嘀咕。

过了一阵，父亲回来了。是那家的大女儿出事了，没得救了，喝了整瓶敌敌畏。一滴敌敌畏都能致人命，一整瓶怕是连肠胃都烂掉了。

那户人家我是挺有印象的，也许是穷让他们有些与众不同，也许是母亲常让我们送这送那的，也许是那男主人有事没事会隔一段时间来一趟我家，而母亲总要尽可能多煮些肉，吃的时候他总要客气，母亲把肉挟进他碗里，他又要挟出来，要来回几趟才最终把肉吃下去，走时自是千恩万谢的。两个女儿虽穿得破烂，但脸容的俊美是盖不住的。尤其是大女儿，白白净净，很文静，颇有些大家闺秀的模样。这样一个如花般美丽的少女，是如何拿起那一瓶敌敌畏喝下的？

后来关于她的死，有很多说法。说她父亲一直看不起她，常辱骂她、毒打她。死的前一天，去买盐，挑回来时，在路上荆棘挂破了口袋，她不知道，一路漏了不少。回家便挨打骂了。那个在任何人面前都唯唯诺诺老实巴交客客气气的男人，会如此粗暴？我无法想象，母亲也是。

　　这是这山里许多年来第一次发生自杀事件。在这以前，过粮食关，有饿死的，没有自杀的。在人们来说，好日子刚刚开始，这孩子怎么就想不开呢？天大的事，也没有命要紧啊。人们说，怕是遇见鬼了。

　　入殓时，没有因毒药而死的恐怖表情，依旧白白净净，面带微微的笑意。

　　年轻人不像老人走，要打道场，当天就请人帮忙埋了。

　　山里人议论了几个时日，便没人再提了。过年了，大家都忌讳说这些不吉利的话题。等过完年，人们也就淡忘了。我却难以忘记，多年来，那张白白净净微微带笑的脸时常在我的面前晃动。

二

　　蓉俵娘是父亲娘娘的女儿，比父亲大，父亲母亲叫她蓉表姐，我们就叫蓉表娘。蓉表娘有七个孩子，一二三四五六都是女儿，生到老七才生了个儿子，香火可算是接上了。

　　表姑父是个特别精明的人，哪个浪潮袭来，都能捞一把，只有他打倒别人，没有别人打倒他的，所以日子总是比别人过得滋润。80年代初期，分田到户，各管各，真正多劳多得了，再怎样盘算别人也有限了。不在一个锅里吃饭了，能盘算也无奈何了。

有福之人总归是有福之人，会盘算的人任何时候都能找到盘算的门路。这时候的女儿们已一个个出落得如花似玉。为得到更多的彩礼，表姑父不管大女儿反对，非要把她嫁给一个住在高山上、离了婚、两个孩子、年龄大了十几岁的男人。起先那表姐还以死相抗，最后还是屈从了。嫁一个女儿，积累一大笔钱，日子依旧比别的人家过得滋润得多。

续香火的儿子小名叫林子，比我大了五六岁，我叫他林表哥。林表哥理所当然是家里的宝贝，吃好的，穿好的，除了读书就是玩，自自然然就有了些风流少年的味道。整日里东游游，西晃晃，时不时也晃来我家玩。在我们那班孩子的眼中，他过得简直就是神仙般的日子。在路上遇见，也总是笑眯眯地和我打招呼。

后来，我去了城里上学，就很少见到林表哥。偶尔回家，遇到他，依然是笑眯眯地打招呼。听成年人聊起他来的时候，也只说他爱耍，没有其他不好的评价。

林表哥没有考上初中，便也没有再去上学了。大概表姑父是说过儿子的，儿子不听，也就作罢了。山里人家，竭尽全力、捏着棍棒送孩子读书的，要么是家有读书传统，要么是有一定远见的人。山里交通不便，上学要走很远的山路，学校生活又艰苦，家里有条件送，但很多孩子吃不了苦，也选择不读。林表哥就是这种，家里条件优越，冬天太阳晒屁股了还没下床，哪受得了学校三更灯火五更鸡地苦读的苦。冬天白雪皑皑，在家里可以烘着火，喝着暖暖的油茶。但在学校，洗脸刷牙的水都结着冰，还要天不亮就起床，出早操，上早读，冷得牙齿打架，也还得坐在教室里听老师讲课，做作业。很多孩子就因学习太苦，没有坚持，有开学了不来的，也有交了学费，半途死活不来的。家长骂没用，打没用。老师家访没用，同学劝也没用。我那个班，初一开学的时候七八十人，教室都坐不下，换到礼堂上课，到中考时只有十五个人。林表哥即使考上了初中，也肯定是读不完一个学期的主。上面那么多姐姐宠着他，不用干活，成天东耍西耍，日子过得像个公子哥，艰苦的学校生活他恐怕是半个月也过不了。

林表哥长得俊秀，还惹了不少女孩子喜欢，但他好像也未和谁恋爱，也没听说他喜欢谁，日子就这么一天一天晃晃悠悠地过着。

忽然一天，听说他失踪了。家人到处找，到处打探，都没下落。家里人慌急了，又是请人算卦，又是请人看花。怕他是在山上迷路了，全村的人还敲锣打鼓漫山遍野地喊，连荒无人烟的仙人颠都去了，找了七八天，还是没找着。

那些天，全村人都在帮着找人，村里人相遇，只有这个话题：人到底去了哪？

一天早晨，几只狗在他家后山狂吠，大家以为是有野猪到后山了，几个年轻人还提了砂枪上山，看能不能把野猪打下来。即使不能打下来，也要把野猪吓跑，不能让它到地里祸害庄稼。他们沿着狗吠的声音来到山上，只见狗朝着树上吠，他们还想，野猪是上不了树的，难道几十年不见的蟒蛇出现了。小心翼翼走近一看，吓一跳，树上挂着一个人，已经有刺鼻的气味了。大着胆子掩着鼻子再向前仔细看，好像是林表哥。他们吓得急忙跑下山，把他们家的人叫来，又叫上村里其他的一些男人，再跑到山上，把人从树上放下来。已经开始腐烂，但脸还清楚，正是林表哥。

山里山外，敲锣打鼓找了十多天，荒山野岭都快踏平了，没想到人就挂在屋后，直线距离不过两三百米。

林表哥是自杀，从各个迹象都确认了是自杀，家里人也确认了他是自杀。但为什么自杀，大家都有点弄不清。家底又好，生活又不累。虽说姐姐们都出嫁了，但个个都是顾家的人，再加上姐夫们也都是能力强又愿意帮助娘家的，家里日子比姐姐们在家还舒服。家里但凡有点事，姐姐姐夫们回来，三两下就帮做完了。他虽不是个能干活的主，但见谁都笑眯眯地打着招呼，人缘也好。也没听说他喜欢哪家姑娘，而那个姑娘又不喜欢他。家里人，也说不出个所以然来。大家只是叹息，这么青春年少的一个孩子，居然用这种方式结束了自己的生命。那时，林表哥也不过是二十二三岁。

偌大的家里，就剩下两个老人。表姑父瞬间老了，没有了生气。蓉表娘，几乎不出门了。

这些年再回老家，再也没听人说起过他们，不知这两位八十多岁的老人近况如何。

三

满舅公是外公堂弟的堂弟的儿子，是他们那辈人中最小的，比我母亲还小了十几岁。母亲父亲总是按辈分叫他满舅舅，我们兄妹也按辈分叫他满舅公。

满舅公的父亲在他很小的时候就去世了，母亲带着他改了嫁。但他十三四岁，就回了父亲的家，一个人住着。房子就在梯子岭脚下，我家河对面。房子是三间，木板房，另外还有一间磨坊，在当时与周围人比起来还是相当不错的。

满舅公也许是从小没有大人管教，慢慢成了村里出名的懒汉。别人干了半天活了，他还没起床。家里的大门没见开过。房前屋后草比人高了，也不割，只有一条进出的小路，不是割出来的，而是走出走进踩出来的。还没分到户的时候，大家都嫌他太懒，不愿跟他一起搭帮干活。但他脾气好，别人怎么骂、怎么说难听话，他都是嘿嘿地笑。干活的时候嫌弃他、骂他，但又经常拿他开各种玩笑，也给大家带来过不少的乐趣。所以，虽然他长年懒懒散散、嬉皮笑脸的，每天都要大队长、小队长催着他干活，但还是按壮劳力给他工分。他一人吃饱，全家不饿，比起其他人上有老下有小来，倒是逍遥自在。

分田到户后，起初他的田地自己种，草比庄稼还多，种了两年，就不种了。有的人家嫌田少，便租他的来种，他便成了"包租公"。但那点粮食是怎么养活他自己的，我真不知道。大概是因为他还有山，山上树木、竹子也能卖出些钱，填饱他个人的肚子应该没有问题。他更懒了，长年在家睡懒觉，偶尔出来路上溜达溜达，去别人家闲坐一下。他也是个识趣的人，遇到别人不欢迎的，他也不会去。单身汉，家不像个家，成年人是不会去他家里的，村里的男孩子们却喜欢跑去他家和他玩，弄得他也像个孩子王似的，夏天的时候，屁股后面跟着一大帮男孩子在河里摸鱼、游泳。即便是这种事，应该都是孩子们撺掇他的，按他的性情，是懒得动的。用当地一句俗话说，他就是那种懒得"秋蛇钻屁眼"的人。孩子们无论大小总是直呼其名，他从来不生气，在打打闹闹中，偶尔会跟孩子们说些"叫我爸爸"之类的话，孩子的母亲听见了，就会大骂他，他从不还嘴，就那么嘿嘿地笑。大家都知道他是开玩笑，所以也从没哪个女人的男人跟他去计较，有女人气得大骂一场就可以了。第二天见面，大家又都好像什么都没发生过。

我的父母亲严肃，见到他总是恭敬地叫一声"满舅舅"，我们兄妹见到他也总是恭敬地叫一声"满舅公"，这时，他也会收起他平日嬉皮笑脸的样子，认真地和我们搭话。无论有没有大人在，在我这个小姑娘面前，他也从未说过任何玩笑的话语。在我们一家人面前，他虽然收起他那副吊儿郎当的样子，像个正经人，但大概他是不自在的。所以，虽然父母热情好客，对他又尊重，但他没事从来不到我家闲坐。

满舅公一头自然卷发，懒得剪头，常常长及齐肩，用现在的眼光来看，是很有艺术范的。若是现在，他卷个毯子流浪在城市路边，说不定也会瞬间成为网红。虽懒，又孤身一人，嘴爱跑火车，但没有任何影响到别人的不良行为。不偷鸡摸狗，不赌博成瘾，也不与人争高低长短，更不与女人们有绯闻。年轻时还有不少人给他介绍对象，但都没有成。大概是他这种闲散性情，他也知道自己背负不了养家糊口的责任，对娶妻生子这种事一点也不当回事，就这么一天一天懒懒散散地过着。

后来，他开了个小卖铺，后来，又买了个碾米机，我曾见过他顶着满头米糠，在机器巨大的轰轰声中帮人碾米。我还挺稀奇的，那么懒的人，居然开始创业了。是百无聊赖，还是生活所迫，我虽好奇，但从没想过要问他，也没有听别人说起过。那些年，他应该赚了不少钱。再后来，大概是嫌辛苦，小卖铺转让了，碾米机也转让了。在他做这些个营生时，从没听到有人说他短斤缺两，有些埋怨的是，开门晚，临时有事买东西，叫半天也不开门。母亲去碾米时，他却总是帮着把米装好，谷糠装好，服务比对别人要周到些。估计不是因为母亲是他的远房外甥女，而是父母亲出名的勤劳，大概也让他这个懒人心生一点敬意。

他的房子是木头建的，柱子、外墙都是木头做的，常年失修，快要塌了，屋顶又漏水厉害。他向队里申请仓库给他住。自从分田到户，各家为方便晒谷、收谷，都在自家屋边建了仓库，大队的仓库也就闲置了。大队的仓库在河边，很大，但也因常年无人看管，大部分也都不能用了。但还有两间保存完好，一间做了灶房，一间做了卧房，空间比他原来的房子还要大。他买了电视机，大概录音机之类也是买了的，他那里更成了男孩子们玩耍的据点。常见男孩子们出出进进，打打闹闹，到了饭点，各回各家。他那里肯定没饭吃的，他自己的饭都懒得做，当然也不会做饭给别人吃。

仓库在河边，位置低，涨洪水时很容易进水。村里人聊年景天气，常说的是，今年雨水不大，仓库都没进水。一年涨洪水，看着看着，水就漫过了晒场，眼看就要进到他的家了，他只能赶紧跑，到别人家去住下，待洪水落下去了他才回家。每年春天，不知道他是不是提心吊胆，但肯定的是，每隔一两年，他大概都要躲一回洪水的。

有低保政策后，满舅公成了低保户。基本生存没有问题了，更看不见他做何营生了，每天大概睡睡懒觉，看看电视就过了。近些年，父母又搬回老家住，每年春节我们兄妹们又都回老家过年了。按照当地风俗，从初一开始，我们要开始拜年，给亲戚、给附近的邻居拜年。现在拜年风俗改进了不少，不用提东西，去家门口放几圈鞭炮，进家喝两碗油茶就可以了。满舅公一贯不管习俗那一套，他不给别人拜年，也没有人去给他拜年。但哥哥每年都还是去他那里放上两圈鞭炮，给他拜个年。一年我和哥哥一起去的，鞭炮响了，满舅公才把门打开，但也按拜年的礼节，放了两串小炮，迎接我们。他大概是估计到我哥哥会来，所以也做了准备。我第一次进到满舅公家里，灶屋有火塘，火在烧着，上面放着一个盛着水的铁鼎锅，鼎锅上面还悬挂着两块腊肉，没有问他是自己买的肉，还是别人送的肉。屋子还是挺干净的，没有我想象的脏乱。我们没有落座，站着说完拜年的吉利话，就出来了。

满舅公年过六十，就成了村里的五保户。五保户的补贴比低保户高了不少，日子更好过了。如果用三爷爷在世时常说的一句话，就是"我的钱根本用不完"。但好景不长，满舅公病了，是肺癌，打针、吃药不见好转，他的一个堂侄、离他最近也是最亲的一个亲人，还专门带着他去县医院看了，已是晚期，住了几天院，他自己要求回来。回到家后，他还能自己做饭，侄子会隔两天给他送些吃的。到后面，病情严重时，侄子每天过来给他做饭。等病情略好些，他就跑到不远处他的一块地上开始挖坑。别人问他挖坑干什么，他说埋自己，那人还骂了他一句"讲傻说"。

没过多长时间，满舅公在家上吊了。他侄子过去给他做饭的时候才发现人吊在楼梁上，找人一起把他放下来，已逝去多时了。

全村的人开始给他办理后事，但也没太多要办的，棺材他早就做好并上上油漆了，放在屋里最显眼的位置，不用搬动，把人直接放进去就可以了。坟地不仅坑挖好了，连砌坟的石头他都搬好放在旁边了。

一天时间，满舅公的后事就处理完了。

四

述姮，是我初中同学。

刚上初中，我们俩在同一个班，但不是同桌。我的同桌是谁，我反倒想不起来了。

学校是山里唯一的初中，附近三个县的孩子都来这里上学。有些家长放心，孩子也愿意远离家门的，就去各自户口所属的镇里或乡里上学了。学校不大，但人挺多。我们初一这个班就七十多人，不过现在还能记起的，也不过十来个了。

述姮姓周，周是他们这个村的大姓，村里人称"周家"。周家人住的房子，是用大块大块青石垒起来，垒成十几米高，像城墙一样，房子建在上面。因为太高，水是接不上去的，他们便要到下面来挑水，用一根扁担两只桶沿着青石砌的台阶挑上去。村子里到处都有高大的银杏树，没有千年，也至少几百年了。一到秋天，满地果子扫起来堆肥，小孩子们会偶尔捡起来，在火塘里煨着吃。一到深秋，满村黄色的叶片迎风飘舞，在高高的青墙瓦屋映衬之下，那是可以用"绝美"一词来形容的。村子里的主路也是用大块大块青石板砌成，已经非常光滑，下雨天、下雪天，要常常小心滑倒、摔伤。述姮他们家还是老房子，大大的立柱，底下是大大的石墩做的基石，木瓦结构，房子很高，有天井，天井地面用大的条石砌成。还有耳房，开着窗，下面主路、低处人家一览无余，他们说耳房以前是看家护院的人住的，现在成了姑娘们的闺房。述姮的一个娘娘住在耳房里，相对独立，成了村里姑娘们相聚、说悄悄话的好地方。

现在想来，述姮他们的祖先一定是大户人家，在某个朝代躲避战乱或逃避追杀来到这个群山之中。当地人没有财力，也没有建筑水平将房子建那么好。而且，当地人建房子第一就要考虑到取水方便，不会把房子人为地建在高高的青石墙上。我一直想去探查究竟的，只可惜每日都被繁忙的工作追赶着，回家看望父母也都是匆匆忙忙，根本没时间来顾及其他。

述姮的爷爷是老师，他姓周，但大家都取他名字后一个字，叫他"冬老师"。冬老师当了一辈子的老师，山里人很多都是他的学生，我母亲也是，所以山里几乎没有人不认识他。冬老师圆圆胖胖，顶着个圆肚子，夏天总是穿着白色圆领短袖棉T恤，一顶草帽。光看外形，就是一个可爱的胖老头。我们上学时，他已退休了，因老师不够，又请他回来给我们上课，主要上地理这些中考不用考的课程。每次他上课，看着他肥肥胖胖可爱的样子，又还教过母亲，我的脑子就开始乱飞起来。学生听不听课，他也不太管。上完课，他就摇摇晃晃地走了。所以，地理一直是我没学好的一门课。现在看世界文化史，不得不买个地球仪回来，对照着一点点地看，才能弄清楚哪个国家在哪，哪个城市是哪个国家的，诸如此类一些基本的地理知识。

述姮她们家族管爷爷叫"阿公"。述姮不和我们吃食堂、挤宿舍，跟着阿公吃住，我们很羡慕。尤其在冬天，天寒地冻，下了课，她就可以回阿公屋里烤火，我们只能三五个挤进被窝相互取暖。

述姮圆圆脸，剪着童花头，特别爱笑，从早到晚，都是笑呵呵的模样，她的娘娘们叫她"笑和尚"。在我的印象中，她总是一副欢呼雀跃的样子，即便考试没及格，撅嘴丧脸也不过几分钟，一会又呵呵地笑着吵闹起来，有她的地方，永远不会安静。所以大家都喜欢跟她玩，我也不例外。

我和述姮不是一个村，也不是一个县。我是灵川县，她是恭城县。学校在她那个村，离她家近。我去学校时要路过她家，常约她一起前往学校。经常是一喊她，她从高高的房子上探出个头来说，我还没洗头，我还没洗澡，你上来等我呀。有时候我会等她，但更多的时候我先走了，到学校还有很多事要做，整理行李，看书，写作业。

但一旦遇到劳动课、体育课啊，相约去打井水呀，我都喜欢和她一起，看她一蹦一唱开心的样子，再有不开心的事，我也会跟着快乐起来。

述姮成绩不是很好，她是真的不爱学习。一坐在教室，用她阿公的话说，就像屁股底下有针似的，总也坐不住。有一次晚自习，她不看书，不做作业，她托着下巴在那发呆，我悄悄问她，你在想什么呢？她说，我在想我家的狗狗。

述姮读完一个学期，就不想上学了，阿公骂，阿婆骂，父亲骂，母亲骂，我们开学一周，她怏怏地来了。每个周日傍晚我又去喊她，但她总是说你先去，我东西还没捡好。其实，我知道，她是想赖，赖着天黑了，就只能第二天再来了。有一次，她阿婆在门口路上看见我，说你上去，你上去等她。我也只好去她家等她，她看赖不过去，只好快快地跟着我一起回学校了。但以后，我每次都悄悄路过，不再在她门口大声喊她一起去学校了。

两个月后，述姮死活都不来上学了。老师去了没用，又叫我去。我去家里找她，她靠在柱头上，脸上挂着两行泪。这是我第一次看见她哭，我真不知道说什么了，就只好返回。

述姮就此退学了。退学后，我也很少再去找她了。偶尔遇见，即便她扛着沉重的柴火，或卷着裤腿在田里，她还是那个可爱的"笑和尚",笑得比谁都开心。

我去城里上学后,就再也没有见过她。父母亲也搬到城里后,基本上山里的人与事我都不知道了。父母亲因常和老家的人来往,消息比我灵通,但我常常早出晚归,也没太多时间与他们闲聊,所以除了家里重要的亲戚,其他的人人事事,他们也不会专门与我说。

再次听到述姮的消息,已是我和她分开好多年后了。母亲说,冬老师孙女是不是和你同学过?我说是呀,但她才读了一个学期多一点就不读了,不知道她现在怎样了。母亲说,她被炸死了。

我眼前一黑,差点晕倒,忙问母亲缘由。

原来,述姮也跟风外出打工了,去的是一家矿山。依述姮的性格,到哪都会招人喜欢。矿山的一个男孩喜欢她,她不喜欢那个男孩。那个男孩拎着炸药去她宿舍找她,她不从,炸药就被拉响了。场面惨烈,家人能找到的,就只有挂在树枝上的半条小腿。

我很难想象,那么可爱的、爱笑的女孩,就如此无辜地以这种惨烈的方式告别人世。家人如何平复创伤,我没敢去打听。后来得知她弟媳在县城开了一家油茶馆,还在淘宝开了店铺卖当地土特产。我从来不敢去油茶馆,便找人问到了她家淘宝店铺名,常去她家买东西。只要是她家有的、我需要的,我便买。收货用的不是实名,旺旺名也不是实名,他们不知道我是谁。

述姮走了,像风一样,已经走得很远很远。

五

向琼，我们班参加中考的十五个人之一。

向琼不是从初一就和我同学，她是在初二的时候，从镇上中学转学过来的。我们同学了两年，初二、初三。初中阶段，是大家拼命学习的阶段。除了学习，大家没有太多玩乐的时间。但大家关系都很好，尤其是坚持到最后参加中考的十五个人，互相关照，互相学习，互相借学习资料。又都在暗暗比拼，谁是最后一个从教室走的，谁是最早到教室的。教室晚上没有灯光大概只有一两个小时。因为正常情况下，大家都是十二点后才回宿舍，凌晨四五点又到教室，寒暑不断。我们几个女同学会搭一下伴，因为教室在学校围墙外，是后面加建的，夜深人静的时候还是有点害怕。我和向琼常搭伴而行。

毕业后，她上了荔浦师范，我上了桂林民师。两校相隔虽只有百来公里，但交通不像现在发达，我们都没有去过彼此的学校。

向琼热情爽朗，又比我大两岁，她就像姐姐一样，经常照顾着我。分开后，她也总是及时地联络我，所以我们的联系一直没断。

毕业时，按从哪来回哪去的原则，她分回了恭城县，县教育局又把她分到了栗木镇的五福中学。五福中学位于镇里去县城的路边，交通方便，每天都有班车来往，在当时已算是很好的分配结果了。我回了灵川，到了灵川县定江镇中学。学校不在交通要道旁，没有班车往来，出入靠自行车。但因学校在桂林北站附近，所以也算是较好的分配。但我自己很喜欢这个学校，四周都是旷野，桃花江静静地蜿蜒流过。春天各类野花盛开，傍晚沿着小路走过田野，走过桃花江上弯弯曲曲的石桥，一直走到村边，有狗出来狂吠不止，我才转身返回，顺手摘点路边的野花回来插上。有时候也会和学校的老师们提着桶捞江里的小石螺，水很清，石螺遍布江边浅水处，不用半小时，便能捡上大半桶。捡回学校，养上个把星期，我们年轻女老师负责用剪刀一个个地剪掉石螺屁股，一是容易煮进味，二是吃的时候，在另一头用嘴一吸，石螺肉就出来了，不用拿牙签费力地掏。

廖桂姣老师的老公是出名的做菜高手，他负责煮。煮的时候要用各种香料，用哪些，用多少，决定了好不好吃。我们不管，前期工作做完，坐等开吃。香味飘出来，左左右右都出来了，女人街那边的也过来了，校长也过来了，他有时候会吃上两颗，有时候闲说几句就走了。一大桶煮好的石螺，在某个傍晚，瞬间成了一堆空壳。

秋天是更好的季节，秋高气爽，紫的、黄的、橘黄的野菊花漫山遍野。没有毛毛虫，不用害怕有蛇，我喜欢一个人骑着自行车瞎逛。一次我沿着小路穿过村庄，穿过群吠的狗，一直往前骑，翻过寂静的山坡，来到一个更宽阔的地带，是桂林市造纸厂。再往前是桂林机械厂，再往前是芦笛岩，那个接待过一百多个国家元首的"国宾洞"。继续往前，从甲山到老北站，穿过矮山塘疯人院门口，回到学校。每年秋天我都要沿着这条路线走三五遍。现在回想起来，我那时便已是一个骑行者。

向琼来我这少，因为进出不方便，当时又没有手机，不能及时联络。我去她那的多，一是交通方便，二是还有另外一个很好的同学美珍也在那附近的学校。所以，我有时间就会去，比如十一、五一什么的。三五个女同学约在一起，又像读书时一样开始疯闹。但内容比读书时丰盛多了，有独立的宿舍，做好吃的，打拖拉机。没老师管了，没家长管了，经常通宵达旦地玩。后来他们学会打字牌了，我不会，我看书。

向琼恋爱了，是他们学校的老师，地理系毕业的，因为皮肤黑，学校同事都叫他"老黑"，我们也叫他"老黑"。我们并没有因为老黑在就不去了，照聚不误。老黑在，我们聚得更欢乐了，买菜、做饭、洗碗全是老黑的，我们女生就只顾着疯玩，久不久还拿老黑来开涮一下。老黑跟着傻乐，每天都咧着大嘴，一口白牙晃得亮眼。那时美珍还不会开摩托车，晚上我们便住在向琼宿舍，向琼去同事家睡。晚上睡觉时，美珍说这个枕头老黑肯定睡过，我们俩大笑着把那个枕头扔来扔去，谁也不肯睡那个枕头。一个晚上，我们俩打闹来打闹去，差点把向琼的床铺板都给弄断了。第二天，我和美珍一直偷笑，但向琼不知道我们俩笑什么。

向琼和老黑结婚了，学校分了两房一厅。婚礼在镇上举行，我提前去了，和美珍帮着他们准备婚礼酒席的各种事项。晚上开始闹洞房，我们这些同学就开始整蛊他俩了，尤其是那些男同学，那些当年追而不得的男同学，各种花招层出不穷，整得老黑都快要哭了，才放过了他们。有了宽敞的房子，就更成了同学聚会的窝点了。我们开心的时候去他们那相聚，谁遇到伤心事想躲躲也去他们那。向琼从来不厌其烦，每次到来，她都是惊喜之情溢于言表。老黑唯老婆是从，笑憨憨地提供所有后勤服务。

我每次去的时候，他们都是按照我的口味做饭菜，走的时候还总要我带上各种打油茶的水浸粑、船上粑，还有她自己做的萝卜干、豆角干之类的。我却想不起来，我曾为她做过什么。多年以后，遇到她大姐，大姐不停地感谢我，感谢我对她小妹那么好。我说我没做什么呀，是她对我好。她说向琼大儿子出生时，抱被、背带那些应该外婆买的东西是我买的。我都忘了，我还买过这些东西，还会买这些东西。但听大姐说完，我的心也略略舒服了些，我也曾照顾过她。

我的工作不停变动，工作压力越来越大，我们聚得少了，但电话、短信、微信一直保持联系。她是个热情爱照顾他人的人，是不容许我像断线的风筝般无影无踪。我调到珠海之后，她也调到了县城的民族中学。民族中学是县里两所重点中学之一，她又担任班主任，压力不小。加上又生了二胎，她也整日忙得不可开交。一直说来趟珠海，一直没来。我说回去时看她们，也一直没去成。我一年就那十天半个月的公休，又要陪父母，又要看七大姑八大姨，根本没时间再坐几小时的车去看他们了。但经常电话联系，隔三岔五总会打一个电话过来。但我有些烦她，没结婚时，她总是说你要谈恋爱了，要结婚了，年龄不小了，到我结了婚，她又催着我生孩子。我几乎不主动联系她了，每次接她电话有点不耐烦,她的电话才少些。但过年过节,总问我要不要这样,要不要那样。我说不要,但她还是会如期地寄些东西过来。

2013年,美珍打电话来,说向琼得了乳腺癌。我急忙打电话过去,她说她在医院,已经做完化疗,医生说手术很成功。她叫我不要担心,说乳腺癌是所有癌症中治愈率最高的,高达90%,她这个是中期,治愈率是99%,剩下1%,那是老天真的要收她走了,她也无所谓了。听她语气爽朗轻快,我也就放心了。当然,一个星期会打一次电话问问情况。每次她都还是中气十足的样子,我相信这个病不重。按照相关规定,她可以请长假。她说她请长假,她那个班的学生怎么办,他们是毕业班,马上要中考了,怕耽误了他们。我说,你病着,还去上课,才是耽误他们。学校也不允许她带病上课了,她终于请了长假。

她闲不住,开始在朋友圈帮老家的人卖灵芝,老黑每天回到家,一有时间就忙着切灵芝。我本想告诉她好好养着,大病靠养。后来一想,她一向是个闲不住、爱操心的人,这也不做,那也不做,反而容易胡思乱想,有点事做也好。不知道是谁介绍她卖女性内衣,她又在朋友圈卖起了内衣。每天发朋友圈无数条,不是内衣,就是灵芝。不管用不用得上,喜不喜欢,我也买一些。估计她人缘好,她又是这种情况,买东西的人挺多的。有一天,她打电话兴奋地告诉我,说从没想过做生意,更从没想过生意这么好做。我本想提醒她一下,但又怕伤着她,就没说了。

过段时间,她又开始卖保险。还经常到市里参加各种活动,我担心起来,让她不要做了,卖点灵芝内衣就可以了。保险,太消耗人的能量。而且她是那种什么都要做到拔尖的人，保险业务是个巨大的网络，会吞噬掉她的。她不听，兴致勃勃地大谈她的商业计划。要命的是，她居然又开起了养生馆，开一家生意很好，她又跑到隔壁县城也开了一家。还去省外参加各种保险、养生的活动。她忙了，比上班还忙，比我还忙，没时间打我电话了。我无比焦虑起来，打电话与美珍聊，美珍说，没用，谁说都没用。老黑一向是听老婆的，更管不了她。这已是2015年，她折腾了两年了。我决定春节开车回家，去她所在的县城住一晚，再回父母家。

　　春节前请好假，原计划一早就走，到她那吃晚饭。单位领导电话说，明天上午到宣传部开会，你要和我一起去。我说我要回家呀，他说自己开车，什么时候走都可以。开完会，顾不上吃中午饭，开上车慌慌张张就走，大概是急了一些，又老琢磨着如何说服向琼，我一直心神不定，总感觉不踏实。在高速路上看着车不仅多，还一个个开得飞快，转头一看都是毛头小伙，我的心又紧了紧。在三水一个岔路口，突然后面有东西重重地撞上来，急忙踩刹车。还好，没有波及第三辆车，我的车也没有被撞到路下面去。后面是一个柳微面包，车头已经完全烂了，还好人都没事。我的车是福特，外壳硬，只是把一个排气管撞坏了。交警来了，说你要他负全责，就回市里去处理，车过两天再来开。还要倒回市里，我真没时间了，再想想那个年轻人估计也没什么钱，要他赔，那真是雪上加霜。我签了字，各负其责，就走了。待我赶到向琼那，已是半夜了。再三叮嘱不要等我，一家四口已经在油茶馆订好夜宵等我,还叫上了美珍两口子。

饭桌上大家都劝她,少做点,对身体不好。她说好的好的,但我知道她并没有真正接受。太晚了,我和她没有深聊。第二天一大早,我要赶路,家里又一大堆事等着,容不得我多做停留。天气很冷,叫她不要过来送了。她还是来了,站在冷风中,我只有无奈地叹口气,踩上油门赶快走。

过完春节,没多久,美珍说向琼的病复发了。在原来就诊的中医院住了一段时间,医生说没办法了,让准备后事。向琼不甘心,老黑也不甘心,就转到了桂林医学院。我原本期望能有好转,没过几天,就说已经转到ICU了。我赶回去,不能探视,我只能在外面远远地望着。我担心老黑挺不住,老黑笑了笑说,没事,他能扛住,希望向琼也能扛住。每天打电话问,都没有好转的迹象。一个月后,老黑说,已经没办法了,要回去准备后事了。

向琼的姐姐打电话来,希望我能回去送她最后一程。我没有回。没有亲眼看到她躺在棺材里,没有亲眼看到她被层层的泥土盖起来,我便觉得她还在,她还活着。

美珍说,丧席摆了八十多桌,好多人,好多学生、家长都来了。

怒江旧影

怒江曾是全国最贫困的四个地区之一，是珠海对口扶贫的地方。珠海派出了扶贫工作组常驻怒江，由全市的机关、国企、医院、学校派出人员组成。长达五年的扶贫工作，艰苦卓绝，但卓有成效。借此因缘，我在怒江待了三个月。

上江镇

珠海派干部到怒江"蹲苗"，一共五批，每批十人，五人一个小组，我是第二批第一组。大概因我们组有两名女同志，安排到了怒江的"南大门"——上江镇。上江属泸水市，离怒江州府所在地半小时车程，是怒江最"平原"的地带。第二组五名男同志则去了福贡，从州府往峡谷深处走，大半天的车程。

怒江夹在高黎贡山、碧罗雪山之间，两岸山势陡峭，怒江人就散落在峡谷或陡峭的山上。抬头是山，低头还是山，大概说的是怒江人。

上江镇三万来人，六个行政村，但地域海拔落差三千多米，下村，常常要带四季的衣裳。谷底短袖，上到村里，就要穿厚外套了，风大的地方，还得穿棉服。镇政府，在谷底，是怒江最开阔的地方。与诸多的乡镇政府差不多，一个院子，一栋办公楼，几栋住宿楼，一个篮球场。我们的住宿安排在镇上一家小小的旅馆，大马路旁，车辆整日呼啸，尘土漫天飞扬，但每个房间有独立的卫生间，已是镇上最好的。一楼有一间房，有煤气灶，一张桌子，几张板凳，给我们做饭。镇政府把他们一间小会议室给我们办公，他们开会的时候，我们去做其他的，平时就归我们用。我们走路去镇政府，大概十分钟，可以从镇上的大马路过去，也可以从福利院旁的玉米地边走过去。从大路走尘土多，从玉米地走风景好，但要上下坡。我们每天随心所欲地走着，或公路，或田间路。班长浩然是个严谨的人，所以我们每天都是提前到达，这与乡镇的工作习惯有点不一样。乡镇工作除了开会，没有太强的时间观念。半夜可能还在农民家里做动员，早上九点可能还没到办公室。乡镇虽没有严格的上下班时间观念，但工作时间却比正常上下班多多了。我在乡镇、县里都工作过，大姐又是从乡镇的一般干部干到乡长、乡党委书记，我深知基层工作的艰辛，那是用"是不是按时上下班"所无法衡量的。

我们的任务是"蹲苗"，也就是到基层了解情况，学习基层工作经验，所以我们就跟着镇政府的工作跑。那段时间正是解决贫困户房屋的攻坚时期，我们就跟着镇里的干部测量登记、动员搬迁等，还有就是要动工建设的美丽公路从上江镇过，要勘测、要动员、要征地，我们跟着镇里的干部，他们干啥我们干啥。当然，以他们为主，我们帮着打下手。我们五人来自不同的部门，镇里又根据我们的专业做了分工对接。我来自宣传文化线，又是办公室主任，对接他们的办公室和宣传文化单位，协助他们做一些力所能及的事。比如，镇里没有公众号，我便与宣传干事一起，把公众号做起来。文化站那边也有不少事，我便协助站长做文化方面的一些工作。海峰来自公安，他与镇派出所对接。伟娜来自司法部门，她便与镇司法所对接。伟东来自企业，他便与企业办对接。既有总体安排，又有各自对接的工作落脚点，非常合理，三个月时间虽短，却使我们全面深入地参与了镇里工作，对怒江有了许多的了解，很好地达到了"蹲苗"目的。

这次蹲苗，是"选派+自愿"。在接到通知之前，我已接到省文联通知，要到鲁迅文学院学习三个月，但为了到怒江感受最边缘、最原始的人文生态，我只好忍痛割爱，放弃了去文学最高学府学习的机会。在决定之前，领导找我谈话：

"你确定要去吗？"

"是的。"

"那里很落后、很艰苦，你这么柔弱，能行吗？"

"没问题的，我看起来弱，其实很能吃苦的，因为我也是少数民族，老家在大山里。"

我们都满怀热忱地来到怒江，当然也受到热情的接待。镇里大大小小的领导、干部都是本地人，很热情，经常邀约我们去家里吃饭，喝自酿的苞谷酒。吃完这家，吃那家，不到一个月，我们就像老朋友一样了，工作起来就更方便了。文化站站长杨学珠把办公室和她家的钥匙都给了我。我好静，对饭局、对酒一向是拒绝的。但我知道，大部分少数民族地区不吃饭喝酒，是没法与当地干部群众打成一片，开展工作的。所以，我也端起碗来，与当地人一样，大口地喝着苞谷酒。苞谷酒是甜的，但后劲足，第一次喝的人，十个人有九个人会醉，以为没事，到后面都醉，两三天还晕乎乎的。

喝酒，是当地人的最爱。每次去农民家里，主人端来的不是茶水，都是酒。得喝，不然以为我们嫌弃。他们有一道常吃的名菜"瞎拉"，就是用漆油炒鸡，不放水，放高度酒，他们认为那是大补的补品。女人生完孩子，每天喝上几碗，三天就下地干活。男人干了重活累活，也要整两碗补补。我们第一次吃，觉得很难喝，味道怪怪的，但不知道里面是酒。他们哄着我们喝，说是汤，大补的汤，结果，我和伟娜不喝酒的人，到镇里的第一天就这么糊里糊涂地醉得人事不省。

手抓饭是这里待客的"名角"，一个大簸箕，有香肠、烤乳猪、火腿、烤鱼、牛肉、玉米什么的，满满一簸箕，手心放点油，挑自己喜欢的放上，粘合着吃。也有用菜叶卷着吃的。外地客人来，这道美食是必上的。

集市，他们叫"街子"。镇上的街子，五天一次。山上的人都下来了，背着背篓，卖东西，买东西。政府后面的半边山坡，到处是人、货物、菜、水果、衣物鞋子等等，什么都有。漆油，没来怒江之前，我没见过。因是怒江常吃的美食，街子上卖漆油的很多，黑的、黄的，大大小小的圆盘状，可以买整块，也可以切割。漆油是用漆树籽榨的油，第一次吃，有些人会"过敏"，身上长密密麻麻的小颗粒。我第一次吃，除了脸，全身长满了小颗粒，奇痒无比。但依据我的判断，这应是风湿的"风"往外排，是好事。因实在严重，我不放心，半夜给漆油厂厂长打电话，他说是排风，多吃两次就好了。果真，再吃的时候，症状就越来越轻，到后面完全没有了。女人生完孩子吃它，是有道理的。漆油的功效百度上没有，回到珠海后才慢慢体会出它的好，补而不燥。现在，漆油鸡成为我常做的一道美食。

药材摊，也是我爱逛的。很多药材我都没见过，比如野生的附子。附子有毒，平时用都要非常小心，野生的更不敢用，也就没买。还有野生的三七，也没敢买。七叶一枝花，要高山寒冷地带才能生长，是稀有药材，这里倒是常见，也不贵，我便买了两斤寄回老家。大舅舅和母亲都是当地的草药医师，帮人配药时，这味药常缺。我加了摊主的微信，以便需要药材时可以帮我寄。

第一次去街子，看到有一个人抱着一只鸡在卖，心里想，这个人肯定是困难到极点了，才来卖一只鸡，换点钱急用。我打算返回时，多给他点钱买下那只鸡。不料，往前一走，才发现很多人都只卖一只鸡。街子上蔬菜、肉类都是农民自己家的，又好又便宜，我们便不问价格大袋小袋往回提。

刚开始时，看到街子上人挤人，我总是小心地捂着袋子，后来才知道怒江是真正"路不拾遗，夜不闭户"的地方。只要有人给我们送东西，他们都是直接放到信用社门口，告诉我们下班时顺路取。信用社人流是最大的，但进进出出，没有人去关心那放着什么，办完事就走了。给孩子们买的关爱物资，我们正要搬上房间，旅馆老板说，放一楼，没人拿。

我们离开后不久，春天来了，泥石流从山上飞奔而下，镇街面目全非，我们住的小旅馆则完全淹没了。

清理后的镇街什么样，学珠也说起过好几次，但靠想象拼接的，终究是模糊不清。

毛毛村

毛毛村是上江镇下辖的一个自然村，十来户人家，住在高高的山坡上。泸水、上江政府综合考量，决定把毛毛村集体搬迁到谷底的移民搬迁点，镇人大李主任与虎副镇长带领工作队上村做搬迁动员，安排我们五人随同前往。

车沿着山一直往上爬，把我们送到开不了的地方，我们走路继续前行。所谓的路，要有人带，不然你不知道路在哪，一边走，一边要不停地拨开挡在前面的草木。还好是冬天，草木萧瑟了许多，虫蛇也不见了。走了很远，看见一个树皮盖的棚，我以为是关牲畜、放草木灰之类的地方。一位老人站在门口，皮肤黝黑，脸上沟壑纵横，极似罗中立的油画《父亲》。但有所不同的是，笑眯眯的，脸上看不到生活的愁苦，他用傈僳语热情地招呼着我们。走近一看，才知道是他们的住房。用大小不一的木头、木板夹成的"墙"，最大的缝可以伸手进去取东西。房子很矮，我们弯腰进去，十几平方米，中间一个火塘。当地的同事告诉我们说，山上大部分都是这样的房子，晚上一家老小就围着火塘睡在地上。屋外的树下，有一个简单的栅栏，关着一只猪、几只鸡。一堆柴火，老苞谷零散地到处挂着，再无其他。

走了两个多小时，终于来到一处向阳的山坡，全是玉米。叶子、秆全黄了，玉米还挂在上面。虎副镇长说，到了，这就是毛毛村。几间小小的房子散落在玉米地里，我们跟着工作队快步向前。到了一户村民家，他的房子要比那个老人的好很多，虽然不大，也低矮，但墙是泥坯做的。泥坯很糙，和着的玉米秆子长长短短地龇在外面。砌得也不整齐，大的大小的小，凹进去凸出来。但，至少是不漏风的墙。主人是个三十多岁的年轻人。从语言、表情都可以看出他对这处房子的万般不舍。他是重点动员对象之一，所以我们直接到他家，再把其他人家的户主叫到这里来，一起商量搬迁的事。在李主任、虎副镇长的解释、劝说下，他们虽有不舍，但同意了搬迁。这有点出乎我的意料，动员搬迁一向是项艰巨的工作。工作队向大家说明政府要求，说明相关情况，再劝说一下，就成了。后面不断回想，主要有三个方面的原因：一是政策好。安置地点、房屋都很好，考虑到将来就业，又提供了一些工作岗位，也保留他们原有的耕地，可以继续耕种。二是工作队都是当地人，他们真心为村民着想，又耐心，不辞劳苦。三是村民淳朴，他们认为政府说要搬就应该搬，虽然他们很安于现状，对山下的现代生活有所畏惧，因为不识字，也对能否胜任"工作"而发愁。但他们就一句话，政府要我们搬，我们就搬吧。回珠海后，我一直想做个回访，想了解一下他们搬迁后的情况，可惜一直未能成行。

我们到达村里时，十点多了，开会，填写各种资料，两点多钟才忙完。这家主人给我们做了中午饭，一大锅米饭，一只鸡煮了一大锅汤。碗筷不够，他们又从别户找了些过来。我们十几人就这么各自舀一大碗米饭，狼吞虎咽地吃起来。哈，广东人餐前用开水烫碗筷的习惯完全用不上了。筷子掉地上，沾了灰，虎副镇长用衣角卷起来擦一擦继续吃。人多肉少，我也舀一碗米饭，浇了一点鸡汤，大口大口地吃起来。

想上厕所，没有。玉米地解决。我和伟娜只好相约前行，找一个草木茂盛点的地方，一个方便，一个站岗，生怕冷不丁从哪冒出个人来。他们也没洗澡的地方，不知道他们是如何洗澡的，没好意思问。

他们说，这已是山上未通公路最方便的一个村了，更多的村在更远的山上，路更难走，考虑到安全问题，不敢让我们去。

吃完饭，我们准备返程。虎副镇长说，车已经开走执行别的公务了，我们要从小路往下走，下到大马路上，他们再来接我们。上山容易下山难，我好愁啊，但也只能硬着头皮跟着他们往前走。路又小又陡，又沟沟壑壑，我们拄着棍子小心翼翼地往前走。当地干部说，你们不能这样走，要快，越快越不容易摔倒。我们也学着他们，像蜻蜓点水般地快步跑起来，未及站稳，又跳到下一步，果真又快又好，但是体力也是问题。为了不摔跤，为了跟上大部队，我咬牙坚持。有些地方是没有路的，我们只能坐着往下滑。待折腾了几小时，下到大马路，我的脚已经肿痛不已了。脱鞋一看，大脚趾已全部淤血。

这时，文化站站长学珠打电话来，说昨晚我处理的图片已全部打印好了，但他们不知道怎么贴。我只好让他们把我送到文化站，因为省文化厅明天上午来检查，已经没有时间了。瘸着脚、忍着剧痛一直忙到晚上九点多，把文化站按我们设想的布置好，才让学珠老公送我回住处。

毛毛村，是我们三月之中，唯一走路到的村。

独龙江

独龙江是条江，也是一个乡——独龙江独龙族自治乡，属怒江贡山县。

独龙江是云南的六大水系之一，发源于与云南交界处西藏一侧的察隅县伯舒拉岭南部山峰然莫日附近，在云南境内的主要部分称独龙江，江水一年四季碧蓝，问为什么是这么美丽的颜色，当地人也说不出个所以然来。站在高高的雪山上，看着独龙江碧蓝碧蓝地在谷底蜿蜒，竟有一种莫名的心颤。

独龙江的东岸是高黎贡山，西边是担当力卡山，深深的峡谷中居住着古老的独龙族。

独龙江乡全境最高海拔 4936 米，最低海拔 1000 米，村民多居住在河谷地带。怒江是云南的西北角，独龙江乡是怒江的西北角。北是西藏，西是缅甸。因高高的雪山阻隔，在雪山垭口隧道未修通之前，大半年时间无法外出，是与世隔绝的。

　　州里管宣传的领导要下去检查工作，要我们随同前往，希望我们能帮着对接一些资源。我们从上江去，专车前往，也需要两天的车程。公路虽然通了，但很多地段还在施工，坑坑洼洼，尘土飞扬，吉普车在江边窄窄的山道上摇来晃去，我们只有紧紧地抓住车椅靠背。半个小时下来，就觉得骨头都摇散架了。大家说，难怪怒江的干部都是80后，年纪大点，骨头经不起摇了。路是山崖上开出来的，底下就是滔滔江水，时有溜索悬在空中。

　　这一路有很多著名的景点，福贡县境内的老姆登教堂、皇冠山、石月亮，贡山县境内的丙中洛、雾里村、秋那桶。此行的工作重点是在贡山，我们只在福贡县吃了一顿工作午餐，便匆匆赶往丙中洛。

　　丙中洛云雾缭绕，犹如仙境。一路两旁不时有石片盖的房子，是怒族人的房子，很漂亮，和瑞士阿尔卑斯山的石头房子很像。车没停，我们没有进到怒族人的屋子里。一路的地名都很独特，当地同行的同事说，叫××桶的，是怒族人的村，叫××当的，是独龙族人的村。

　　晚上住在了贡山县城。县城依山而建，一边是奔腾的江水，一边是陡峭的高山。怒江峡谷谷底的聚居点大多如此，最阔的上江镇，两山之间的平缓地带也不过两三里。当地有名的特色美食是贡山淮山，粉糯细滑，入口即化，因产量少，在贡山才能吃到。还有一种透明状的糊糊，叫董棕粉，也是这里的特产。当地村民叫它"斯叶黑"，意思是能出面粉的树，生长在独龙江河谷和腊竹底阴凉的深箐里，一般五六十年才成熟一次。董棕高五六十米，直径达一米，树叶宽一米左右，长三米多，感觉像巨型芭蕉，根、茎、叶都可以食用。根、茎富含淀粉，把树砍下，用木棒或斧头在树干上不断敲击，淀粉便一团一团地震落下来，晒干后就是细面粉一样的董棕粉，可以制作成各种各样的美食。一棵董棕，可以让三至五人的家庭吃上一两个月，村民也叫它为"面包树"。在生产力极为落后的时代，董棕是救命的树。

第二天一早，驱车前往独龙江。碧蓝的江水在谷底翻腾，仅能行驶一辆车的路逐渐往峭壁上蜿蜒。头晕得厉害，让司机一再放慢速度。我壮胆睁眼往车窗外看，随着车的前行，峡谷越来越深，估计有两三千米深，但对面的山却近在咫尺，树的枝枝杈杈清晰可见。世界第二大峡谷，果真名不虚传。车，如果翻落下去，不用找了，也没法找了。路边稍微不那么陡峭的山上，挂着一个一个的箱，是独龙人的蜂箱，放好了不用管，按时来取蜜就好。但也经常被偷，小偷是山上的黑熊，它经常连箱一起抱走。

雪山垭口终于到了。我们去的时候是 11 月，已经堆满了白雪。这里海拔四千多米，雪终年不化，只是多与少、厚与薄的区别。我们停下来休息一会，冷得不行，赶紧上车继续前行。当地的同事指着远方说，那边有雪山草甸，如果六七月来，可以去看，非常美。

穿过黑黑的隧道，来到雪山的背面，山下就是独龙江乡所在地，也是我们最终目的地。沿着陡坡往下走，一个多小时的车程，就到了谷底，谷底是热带雨林气候。车在一处小溪停下，各种植物在此茂密地生长，我们看到了巨大的董棕，还有许多从未见过的植物。人在这盛大的阔叶林中，犹如一只小小的蚂蚁。当地的同事一直叮嘱我们要小心，不要乱摸乱动。还有国界石，石头那边就是缅甸。一个多小时，就从雪山到热带雨林，跨度之大，别处真没见过。人类最后的秘境，这句话形容独龙江，再也没有比这更贴切的了。

独龙江人一直就地取材建房，用草盖屋顶，用竹篾编成墙壁，一般一家人就一间房。近些年，在政府帮助下，建起了宽敞、牢固的房子，整个村干净漂亮，还有篮球场等文化娱乐设施。带领我们走村入户的是一个三十岁左右的女孩子，是云南省文联来此的挂职干部，她挂任此村的党委书记。她如数家珍地介绍村里建设、村民收入等情况，还带我们参观了两家特别有品味的民宿。看得出来，她对这里充满了感情，倾注了大量的心血。当问及她多长时间可以回趟家，她说没有专门回家的时间，这里交通不方便，需要搭各种便车，辗转好多次，顺利的话，也要四五天才能回到昆明。基本上是外出开会，工作又安排得开的时候，顺便回趟家。风景虽然如此奇异地优美，但要再来一次独龙江，我还是会踌躇。这个书记同样身为女性，却充满热情地在这里任职，我除了感佩，还有深深的敬意。

独龙江最独特的人文，恐怕就是纹面女了。独龙族现在也才五千余人，这么小的一个族群生活在这与世隔绝的深山中，生存能力是极弱的。西藏、缅甸常有各色人等来抢劫，独龙族人没有什么财产可抢，他们就抢女人。所以为保安全，千百年来，独龙族女人就纹面。来独龙江的人，也都想亲眼看看纹面女。在国富民强的现代社会，依照习俗纹面的女性几乎没有了，仅剩的两个年纪很大了。但为保存这一特色的习俗，当地人会选一两个年轻、自愿纹面的女性纹面，由政府给与她们一定的补贴。

独龙江还有一大特色，便是独龙牛。独龙牛是独龙族人所驯养的野牛，体型高大，是我国境内绝无仅有的珍稀牛种，目前仅有三千多头。不丹、缅甸、印度也有，但更为稀少。它的四只脚是白色的，被人们称为"穿白袜的野牛"，也有的脚和脸都是白色，如果在深山中遇见，会以为遇见了上古神兽。独龙牛肉质细嫩鲜美，但因其稀少，怒江人很多一辈子也未品尝过。这些年，为推动百姓致富，政府不断采取措施，鼓励个人、公司驯养独龙牛，估计不久的将来，只要到怒江，便能品尝到鲜美无比的独龙牛牛肉。

秃杉、三尖杉、珙桐、硫磺杜鹃、水青树、毒竹也生长在这里，被列为国家保护的珍禽异兽扭角羚、红岩羊、金丝猴、金狗（小熊猫）也生长在这里。

独龙江，这个号称"野生植物博物馆"的地方，还藏着更多的珍宝，等待我们去发现。

百花岭

百花岭是上江镇的一个自然村，位于上江到州府的公路边，山势相对平缓。此处海拔只有七百多米，又处峡谷中，气候温暖如春，四季鲜花盛开，最多的就是怒放的三角梅与高大的木棉花。

百花岭交通便利，环境优美，是傈僳族人聚集最多的村庄。

傈僳族热爱歌舞，无论男女老少能歌善舞、能弹善吹，他们在劳动中自创歌曲、舞蹈，晚上、节假日就聚在一起唱歌跳舞。他们的《生产舞》就是把日常的生产动作，用舞蹈形式表现出来，既体现了生产的过程，又具有美感。

傈僳族的歌曲内容自由，形式多样，可以根据曲调即兴唱歌词，也可以即兴改换曲调，变化非常多，种类也非常多，但总的来说，可以用"木刮""摆时""优叶"这"三大调"来囊括。我问学珠，这些是否有文字资料。她说没有。我打算和学珠一起走访老艺人，先做记录，然后再来分门别类地整理。为此，我还找了一个做导演的朋友捐赠旧的相机与摄影机。因为老艺人年纪很大了，很多内容没有传承，万一他们去世，这些也就彻底消失。面对诸多民族艺术即将遗失的境况，学珠也很着急。但我们每天被各种工作安排，期间只匆匆见了一个民间老艺人，还未正式进行访问，我们便返珠了。这项工作与我们蹲苗没多大关系，但作为一个热爱文化的人，此事未及时去做，深觉遗憾。

他们还有自己的乐器，比如"嘀哩图"。"嘀哩图"身细而短小，有五个音，四孔在前，一孔在后，为五声调式。"嘀哩图"音色很特别，小巧玲珑便于携带，很适合傈僳族人的性情。他们喜欢走到哪唱到哪，常常还要边吹边跳，小小的"嘀哩图"再适合不过了。

"期奔"是怒江傈僳族古老的弹拨乐器，也是傈僳族最具代表性、最常用的乐器。用木材制成，多用漆树、红松、刺头菜树制作。"期奔"由琴头、琴杆、琴箱、琴耳、琴枕、琴马、琴弦组成，可以独奏、合奏、伴唱和伴舞，也可以与傈僳族传统乐器口弦和笛哩图搭配。演奏时可两个或三个声部同时进行，其中以一个声部为主旋律，其他声部为和音，音质清晰明亮悦耳。傈僳族歌舞一起，必有"期奔"。弹着"期奔"，边唱边跳，自由奔放，有一种非常独特的韵律美感。到怒江，不看一次歌舞，应不算到过怒江。

除了歌舞外，他们还特别擅长多声部合唱。一百多年前，法国传教士来到怒江，教会了他们多声部合唱，唱赞美诗，唱世界名曲。傈僳人又将他们与自己的民族音乐糅合起来，形成了更为多元、音色更为丰富的合唱。一次周末，学珠要到百花岭开展活动，叫我一起去。还在山下，远远听见悠扬浑圆的合唱传来，我想，这是谁家，音箱很好呀。去了才知道，那是村民在唱，男的女的，老的少的，穿着盛大的节日服装，虔诚地唱着。我喜欢听合声，以前也多次参加合唱，但最多四个声部。我跟学珠说他们唱的好像不只四声部。学珠说，是呀，他们今天唱六个声部，人来齐了，可以唱更多声部。我惊到了！再看看上面，胡子全白的老爷爷，满脸皱纹的老奶奶，估计在家的人都来了。我说有谱吗？学珠说不用谱，有谱也用不上，他们不识字。只能说，傈僳族人的音乐天赋是天生的。他们的声音好像没有上限也没有下限，想多高有多高，想多低有多低，一切好像怒江在峡谷中奔流那么自然。

随着怒江旅游业的快速发展，政府决定把百花岭打造成傈僳音乐小镇。我去的时候主体工程已建完，并投入使用，每天人来人往，歌舞不绝，好不热闹。但还有一些附属设施、细节在完善之中。

学珠说，百花岭现在已是国家三A景区，是集"游傈僳村落、赏傈僳音乐、观傈僳歌舞、品傈僳美食、享傈僳民族文化盛宴"于一体的怒江旅游名片了。我想，学珠更忙了，来来往往，节目排演，很多活动她大概都是要操持的。

热爱歌舞是傈僳族人的天性，快乐大概也是傈僳族人的天性。无论走到哪，都能看到他们浑身上下洋溢着热情和快乐。

我们跟着学珠去走访一个叫胡二才的青年歌手，三十二岁，是上江文化队伍的主力之一，不识字。学珠说，怒江这个年龄段的年轻人好多是文盲，义务教育开始后，大家才有接受现代教育的意识。胡二才的家在半山上，一座土坯房，不大，但分隔成三小间，相比高山上的其他人家，应算是"豪宅"。父母早就去世了，老婆跑了，一个人带着两个孩子，大的六岁，小的两岁。门口走廊上拉着绳子，挂着各种各样的衣服，估计他们家的衣服全都挂在这条绳子上了。我们没有进屋，直接在地坪坐下。他的厨房单建在旁边，两位和他相仿的男人在煮酒，是他的朋友。这么原始的煮酒方式我也是第一次见，一个锅，中间放一个碗，上面再倒盖一个锅。烧上大火，隔一段时间，打开取一次酒。刚煮出来，热乎乎的，甜甜的，很好喝。我一看全是男人，和学珠一起帮做饭。他们杀了一只鸡，我看了看厨房除了米，再没有其他可吃的，胡二才另外还有几个唱歌的朋友要过来。十几个人，大都是精壮小伙，这哪够吃啊。我问胡二才，地上有菜吗？没有。那埋在地里能吃的有没有？比如土豆、红薯之类的。他说没有。我猛然看见门口树上高高的树枝上挂着几个果，是佛手瓜，不管老嫩，一律让他们帮摘下来。这时，胡二才拿着镐把，说还有可以吃的东西，就在屋旁吭哧吭哧地挖起来。原来是脚板薯，种下几年了，他都忘了。我和学珠把这两样与鸡一起煮上一大锅，总算够吃了。

胡二才是个勤快的小伙，他在旁边建了猪栏，养了二三十头猪，猪们膘肥体壮。屋旁还停着两辆摩托车。一辆是老款的，很破旧了。另一辆很新，很时尚。胡二才说，旧车是他早上去六库（州府所在地）拉泔水，回来喂猪用的。每天早上四点必须去拉，晚了就没有了。新车是他晚上开着去六库酒吧唱歌用的，他是酒吧的常驻歌手。

酒未喝到一半，胡二才就与他的朋友们快乐地边唱边跳起来。

片马与红海

泸水市一共六个镇、三个乡。

泸水市地形像一块芭蕉叶，怒江是中间的叶脉。六库镇是市府、州府所在地，在叶脉底端。上江镇是怒江南大门，在叶柄处。叶脉左边的高黎贡山有鲁掌镇、片马镇、洛本卓白族乡，右边的碧罗雪山上有老窝镇、大兴地镇、称杆乡、古登乡。

上江的书记去片马考察药材种植，要我们同往。恰好我们也要开展党小组主题党日活动，正发愁不知去哪。去片马的抗英纪念馆、驼峰航线纪念馆，感受那个时代先辈们为抗击侵略英勇不屈、舍生忘死的精神，再合适不过了。

去片马需要路过鲁掌镇。鲁掌镇在高黎贡山的半山腰，是泸水的老县城。我们在此用了工作午餐，午餐后开着车在镇里上上下下转了一圈。全镇完整地保留着20世纪六七十年代的风貌，食堂、电影院什么的都有。但空空荡荡，没有企业，也没有相关单位。杂草，在屋背、在墙头迎风摇曳。在这里建个艺术综合小镇，再合适不过了。拍那个年代的电影电视，不用搭，不用建，直接拍就可以了。如果成为美术创作基地，画家们估计会蜂拥而来。小镇的怀旧风情，周边的自然风光、民族风情，都能激起人无限的创作欲望。艺术家们的到来，他们的涂涂抹抹，奇思妙想，会将这里变成一个艺术元素极为丰富而又多元的小镇。自然而然，这里就成为游人必到的打卡地。更何况，山上的片马镇，还有无尽的旅游资源，腹地广阔。

从鲁掌往片马走，看到了许多珍稀的动植物，比如水杉、云杉。最让我们兴奋的是看到了怒江金丝猴，整个高黎贡山只有两百多只，是极为濒危的物种。白里透红的小脸，斯斯文文的样子，眼珠乌黑，嘴唇红润，眼神纯净温和，完全没有猴子性格中的那种焦躁难安，说它们是猴子中的俊男淑女，肯定无过。它们也不怕我们，叽叽着往我们这边过来，好奇地打量着我们。他们的鼻孔朝天，被当地傈僳人称为"猕阿"，意思为鼻孔朝天的猴子。

片马镇是中缅边境交通要道，片马口岸是怒江唯一省级对外开放口岸，是国家二类边贸口岸，这里也曾是丝绸之路古西南通道之一。片马常住人口1700多人，有景颇（景颇支系茶山人、浪速人）、傈僳、汉、白等八种主体民族。景颇族的茶山支系是片马的世居民族，有着独特民族文化，可以说是怒江的少数民族。片马人口虽少，但因边境口岸在这，流动人口不少，最高峰曾达四五万人。

药材种植基地位于快要到山顶的地方，种的是七叶一枝花，我在上江街子的药材摊买过。如此珍稀的药材，有卖，而且不贵，原来是片马已有人开始种植，野生是极稀少的。在阴凉的小溪边，盖着薄膜，气温升高的时候要掀开。这种药材，很娇气，要寒冷的高山才生长，但又不能太冷，要么冻死，要么生长极缓慢。我们一边查看，一边向主人了解种植与收成情况。通过了解，才知道上江适合种植的区域并不多，又难管护，在当前市场价下，草果、豆蔻等香料可能更适合上江。

返回时，我们在口岸转了一圈，听片马镇的书记介绍全镇及口岸的基本情况。

接近傍晚，我们在片马人民抗英胜利纪念碑前整队默哀，并重新宣读了入党誓词。纪念碑高20米，碑体由三把剑和三面盾组成，象征汉、傈僳族、怒族团结抗英的事迹。1900年，英国并吞缅甸后，继续北上，1910年12月跨过中缅边境，侵占了片马地区。当时的清政府自己危在旦夕，根本顾不上英军在云南片马的入侵，只是向英国方面提出外交抗议和严重交涉，没有派军队前来抵抗。傈僳族头人勒墨杜扒，组织怒江两岸的傈僳、景颇、彝、白、汉等民族同胞，形成了一支400多人的抗英弓弩队，与泸水县属各土司派出的民团100多人，与英军进行了"誓死不屈"的斗争，对英军进行了沉重打击。片马事件以后，虽然英国在片马地区设立兵营，实行武装占领，并设官治理，但由于怒江各族人民的反抗和全国人民的抗议，加上清政府和民国政府都不承认英军对片马的占领，英国于1926年被迫承认片马是中国的领土，这也为我国后来最终收回这一地区打下了基础。1961年6月4日，缅甸把片马、古浪、岗房等地归还了中国。

驼峰航线纪念馆内展示着一架飞越驼峰航线的飞机残骸。这架飞机是中国航空公司C-53运输机，1943年3月11日从中国昆明巫家坝机场飞往印度汀江，因遇到低气压、强气流而在片马镇境内坠落，美国飞行员吉米福克斯与中国飞行员谭宣、王国梁下落不明。1996年6月，坠机残骸被缅甸猎人发现。

1942年，由于日军封锁，大量的援华物资无法运进中国，为保证对日作战的军备物资，中美两国联合开辟了新的国际运输线，即举世闻名的"驼峰航线"。它西起印度阿萨姆邦，向东横跨喜马拉雅山脉、高黎贡山、横断山、萨尔温江、怒江、澜沧江、金沙江。航线全长500英里，地势海拔均在4500—5500米上下，最高处海拔达7000米，山峰起伏连绵，犹如骆驼的峰背，故而得名"驼峰航线"。

驼峰航线险绝，飞行员称之为"死亡航线"。每个飞行员在出发前，都做好了不返回的准备。

源源不断的战略物资从驼峰航线运了进来，但代价极其惨重。1945年1月6日夜晚，在特大风暴袭击下，30架飞机消失在冰川雪峰之中。在三年多的艰苦飞行中，中国航空公司飞行了8万多架次，美军投入飞机2100架，中美双方参加运输的人员达8.4万人。美国第10航空队和印中联队飞行员牺牲近2000人，损毁飞机达600架以上；中国航空公司牺牲飞行员168人，100余架飞机损失48架，损耗率高达50%。最让人痛心的，是那些永远消失在雪山冰川之中的年轻生命！

1945年日本投降后，驼峰航线关闭。

在此建一个纪念馆，纪念为和平作出牺牲和贡献的人们，纪念中美两国人民爱好和平、同仇敌忾、抵御侵略、维护世界和平的历史，理所当然。

无论是哪个国家、哪个民族的人，只要是为人类和平作出奉献，就永远值得我们景仰和学习。

与片马遥遥相对的，是对面碧罗雪山上的老窝镇。

老窝不是我们蹲苗的驻地，但因海峰与公安对接，泸水市公安局的领导请他到老窝做交流指导，恰逢周末，就把我们组的人都带上了。工作的事情海峰负责，相关资料、信息伟娜负责，我看风景。

老窝是白族乡，据怒江人说，白族是怒江最会打算的民族，所以同样生活在高山峡谷之中，他们的生活水平比别的民族要好。这一点，从老窝的火腿也能看出缘由。傈僳族人喜欢吃烤乳猪，大猪宰杀时，也是呼朋唤友，喝酒吃肉，唱歌跳舞，三五天就把一头猪吃完。白族人则是制作成火腿，慢慢地享用。当然，从生活的物质方面来说，白族人更有计划性，但从生活的快乐程度来说，也许傈僳族人更快乐。

老窝海拔最高 3606 米，最低 1080 米，年平均气温 14—16℃，为制作火腿提供了优良的自然环境。

老窝火腿已有 1000 年的历史。他们选用肉质好的高黎贡山猪、怒江黑毛猪制作，肉质细嫩鲜美，盐分又低，比我在香港吃的世界著名火腿还要好吃。刚回珠海那一年，学珠给我寄了一整只猪腿，足有十五六斤，我不知如何是好，只好约了一大帮同学到饭店，请厨师帮我们做。每年春节，学珠都会给我寄，我分割成小块放急冻。我这个不爱吃肉的人，时不时会细细品尝一下美味的老窝火腿。

山上日光猛烈，但还是很冷，还好我们遵嘱带了冲锋衣。天蓝得厉害，此前此后，我都没有见过那么蓝的天。山上主要是草地，偶有一些树丛与灌木丛。穿过一片茂密的树丛，是一个很大的湖，湖水已经瘦弱，湖底的石头露了出来，我们踩着石头横穿过湖。湖中的石头有人为堆叠的痕迹，看来这湖是有人来过的。我们还在流连忘返，杨局高声嚷嚷着让我们快往前，好看的风景在前方。越过一个高高的山坡，原来这里有一个更美的湖，湖不大，但湖水碧蓝，周围老树新枝横斜，一些不知名的树，叶子已经红透了，在蓝天的映照下，是我在电影、油画上都没见过的绝美风景。杨局说，这湖叫红海，老窝最高的高山湖。神奇之处在于，虽在高高的山顶，但它湖水从不多也不少。我兴奋地四处攀爬，他们叫我不要走远，被黑熊抓走了，他们可救不了。他们公安的几个人围着地图商量工作的事，有两个小伙开始生火。哇哦，要在这吃午餐。我去帮忙，他们不让。我便蹲在湖边，看水、看倒影，看那些奇奇怪怪、长了百年千年的树枝与藤蔓。从不同地角度拍照，哪天，哪天，我终是要用画笔把他们都画出来。

　　午餐丰盛，他们背了不少东西上来。有切得薄薄的火腿上来，我看着颜色鲜红，问是生的还是熟的。他们说，熟的熟的，快二十年的老火腿，很难吃到的，快吃吧。放进嘴里，很香，很甜。吃完他们才告诉我，这是生的。这是我人生唯一吃的一次生猪肉。

　　有同事高原反应，我们不得不提前返回。

　　怒江各种民族，各有特色，又保留着原始状态，不像一些地方，衣食住行早已汉化，为了打造旅游卖点，又重新翻出来装扮。怒江处处是风景，学珠给我看她在兰坪拍的大树杜鹃，高高的山坡上，一株株高大的古树，开满了紫色、红色的杜鹃花。我看着，无比神往。我说，怒江别的地方可以不去，但兰坪的大树杜鹃，此生我一定要去一次，去拍照，去写生，用笔去触摸它繁盛而又清冷的美。至今，我未成行。但无数次在梦里，见到了它们，醒来，心里还涌动着激动的波澜。

写到这里，原本应该结束。可是，仍有一件事想说说。

尾声

怒江的少数民族，习惯早婚，未到法定年龄，便结婚生子，这也导致家庭容易离散。比如，男方意外死亡或重病，女人跑了，留下的孩子不能进福利院，只能依靠亲戚生活。很多家庭原本就贫困，再来几个孩子，就更雪上加霜。我们去走访学校时才发现，这些群体不少，不是孤儿，却已是孤儿。但怒江的义务教育做得很好，不仅全免，还包食宿。可是对于特殊情况的家庭来说，孩子们去学校的车费，都是他们沉重的负担。我忽然理解了上江街子上那些抱着一只鸡在卖的人。

在往回走的路上，大家都觉得很沉重。我们决定发起"关爱怒江折翼天使"行动，帮助这些孩子们。仅两天时间，就收到两万多元的捐款，但为了把这些钱用好，并避免不必要的风险，我们停止接受捐款。这些孩子缺钱，但更缺的是爱，是希望。我们决定把重点放在"一对一"长期帮扶上，让孩子们觉得有爱、有依靠、有希望。没想到在群里一发相关信息，十几个孩子一抢而空。这让我无比感动，为人间有大爱深深地感动。后来，我们陆陆续续帮助一百多个孩子找到了资助人，建立起联系。孩子们来自怒江各地，资助人则来自世界各地。有一个女孩是美国哥伦比亚大学的博士，用勤工俭学来帮助孩子，到现在她仍时不时地问我有没有需要帮助的孩子。新西兰也有好几个资助人，德国、法国都有。当然，这些资助人都是旅居海外的中国人。人在外，但一直关心着祖国的人们。台湾郭大、片姐除了自己资助外，还介绍了好多资助人给我。后面这几年，我没有再帮助联系孩子。一是我远离怒江，很多信息不准确，我又无法一一核实，怕辜负了资助人一片赤诚的爱。二是经过扶贫，怒江已经有了崭新的面貌，居住、教育、医疗都得到极大的提升，人均收入也大幅提升，需要帮助的可能也只是极个别的了。

上江福利院就在我们住所旁边，八个老人，三十多个孩子。我们空闲时，也会来福利院看看老人孩子们，与他们聊聊天。

院长是个尽职尽责的人，院内干净，管理井井有条。老人祥和，孩子活泼。有一个两岁的脑瘫孩子，他们也照顾得很好，忙的时候，老人们就帮着照看。同事王拙联系新东升公司的郑总给福利院的孩子们买了轻便保暖、质量上好的棉衣，试衣服时，老人孩子都欢天喜地。

离开怒江已整整六年。

希望在不久的将来，在一个杜鹃花开的季节，我能去看看那些孩子们，能去看那满树繁花的大树杜鹃。

让子弹飞

《太阳照常升起》大家都说看不懂，票房惨淡。便有人说，姜文只会拍文艺片。姜文说，不就是票房嘛，谁说我不会赚钱？如是，有了《让子弹飞》。果然是，上映十一天，票房破四亿，追平《阿凡达》。

众星云集，姜文亲自上阵与周润发、刘嘉玲、葛优飙戏，过瘾自不必说。讲故事的技巧圆熟。节奏很快，一波接一波，密不透风。"搞笑"一个接一个，笑得腮帮子都疼。视觉盛宴。这些于姜文来说，都是"小菜一碟"。中国观众心理，姜文早就了然于心。但正如姜文说《阿凡达》，"我看了，不讨厌，但我不觉得我应该用生命去做那个，对不起，我觉得不值"。姜文还说，拍电影嘛，干吗非得挣钱？

但观众认为你卖不出好价钱，就是艺术水平不行。《太阳照常升起》几乎没有人说好，诟病声一片。《让子弹飞》热影热议，对姜文一副副顶礼膜拜的架势。在访谈中，姜文说，《太阳照常升起》是一部按生活本质拍的影片，《让子弹飞》是一部按电影某些本质拍的影片。两部片子，两种命运。姜文却说，《太阳照常升起》兑水可以弄成二十个《让子弹飞》。姜文也许就是张牧之，老子随时能把钱搞来，我把它扔掉，我可以裸捐，这不是个事儿。有没有扔掉，有没有裸捐，不知道，但姜文的确是把钱搞来了。

七亿多的票房，没有人能否认《让子弹飞》是一部成功的商业片。但《让子弹飞》又不似其他商业片的浮华与苍白，全片都隐藏着讽喻，对现实、对人性极广、极深的讽喻。官是买来的，当然要收回成本，并有赚头了。民众有了枪有了子弹，但胜负未分的情况下是不会出来冒险的。对官、对民皆有，尖刻而精准。就是观众，姜文也没有放过。若有耐心仔细地去掰，《让子弹飞》句句台词都有着多重的讽喻。这部电影，好懂、好看只是表面，深层还藏着许多意味。姜文，在观众与自己之间，在艺术与金钱之间，游走得很悠然。

引领人们奔往更高层次的精神世界，离动物越来越远，是文化。经济时代，文化已经被边缘化，近几年的"热"，也不过是文化作为工具的那部分属性——能产生经济效益的文化产业。不知是有意还是无意，我们把文化产业当成了文化，文化就被挟裹在这滚滚钱流之中，迎合着大众口味的同时，已经失去了文化的本质与意义。《太阳照常升起》的曲高和寡，与其说是姜文的悲哀，莫如说是这个时代的悲哀更准确些。

《让子弹飞》的取景，约有四分之一是珠海最西端的崖门古炮台，南宋灭亡之地。按常理，这么火的影片，取景地也得跟着火起来，奇异的是，炮台依然冷清，一天大概也就三五个游人。那几株高大的木棉，四月里大朵大朵地红艳着，但依然让人觉得清冷。选景于此，大概也是有所意味吧，意味着姜文理想的破败与消亡？也许是。

　　让子弹飞一会儿吧。

南京！南京！

九月，炎热如盛夏。早晨，站在院子里仰起头，细细一闻，风里的湿气少了些，并有丝丝的凉意。到底是秋天了！

国人还沉浸在大阅兵的余味中，舆论的唾沫星子还在四处横飞，我想起了前几年的电影《南京！南京！》。

《南京！南京！》开播后，网上批评如潮，骂声汹涌。我害怕，害怕面对血淋淋的场面，所以上映阶段一直没去。但我好奇年轻的陆川是如何处理这个题材的，骂声加重了我的好奇心，最后在网上看了。陆川的角度是对的，客观地看待历史，站在人性的高度去深入挖掘和反思，才能避免历史再三地重演，我认为。

任何事情，如多棱镜般，有无数个面。我们看待事情总是看到它的一个或几个面，站得越高，越能看清事情原本的样子。

以往的"南京大屠杀"，我们是站在中国人的层面，被屠杀者的角度。《南京！南京！》开始从一个日本人，带有良知，带有人性，有独立思考的不盲从的日本人的角度。他看到了战争,看到了断壁残垣,看到了一个个血淋淋的人头,看到了活埋,看到了无数妇女被轮奸……这些让他惶惑,让他痛苦,他也与他们一样举起过屠刀,休息时游戏、去慰安所,但内心始终在战斗。最终在疲惫、矛盾中自杀。死前放了两个要杀的中国人,说了一句话"活着比死去更艰难"。战争折磨着人心,摧残着人性。

这不代表所有的日本人,但在那成千上万的日本兵中,肯定有,而且不止一个。他们奉日本政府"建大东亚共荣圈"的命令来到中国,并没想到是要来屠杀,屠杀无辜的中国百姓,并没有想到为国尽忠效力是这种残暴的方式。在执行命令的过程中有犹豫有矛盾,战后余生活在忏悔中。

从日本人的角度来看这段历史,可以让我们从事物的另一面来接近历史,打破了惯常思维,这是需要勇气和智慧的。人类要获得和平,首要的就是要客观,客观才能增进相互间的理解,进而消除误会与矛盾。不留情面地揭短,也是必需的,若是泱泱大国之人都有血性,一个小小的日本奈之若何?我们的民族有无数的英雄,也有无数的汉奸。

影片能脱出了以往的思维模式,正如陆川所说,中国人能够接受《南京!南京!》已是巨大的进步。当然,较之于世界电影,中国电影水平落后很多,此片在叙事、逻辑、细节处理上仍有诸多不足之处。

还是想大而全,却没有找到一个很好的点,让这个小小的"点"去延伸放大,显得"碎"。

刘烨饰演代表有血性的中国人，但最终是投降，我认为不符合事实，也不符合逻辑，十四年抗战，多少铁骨铮铮的中国人，战斗到生命的最后！

结尾，得以逃生的两人，笑容如花般灿烂，也是不现实，经历战斗，经历无数次死亡，面对国破家亡，生，已是一种沉甸甸的责任。

同样是记录这段历史，美国 AOL 副总裁泰德·莱昂西斯出资拍的纪录片《南京》，是从二十多个外国人亲历南京大屠杀的角度拍摄，相比之下，更客观，更冷静，更真实。拍摄的缘起也极为偶然，泰德·莱昂西斯在加勒比海度假，他在翻阅一份旧《纽约时报》时，看到了华裔女作家张纯如写完《南京浩劫：被遗忘的大屠杀》一书，不久后吞枪自杀。"看完报纸后，我随手放进了废物篮里。但报纸没有掉下去，刊有张纯如讣告的第一页露在外面。"泰德说，"每次经过这份报纸，她的眼睛始终盯着我。"

泰德不理解有两个孩子年仅三十六岁的年轻女人为什么会选择自杀，回到美国便买了她的作品《南京浩劫：被遗忘的大屠杀》来看，此前，他并不知道南京大屠杀这一历史事件的存在。他认为"大屠杀"与"遗忘"是不应该放在一起的词，开始了解这一历史事件的真相。然而，让他惊奇的是，无论是中国还是日本的民众，对这一事件知之不多，于是他出资两百万美元，做了长达十八个月的前期调研，拍摄了这部纪录片，以纪念南京大屠杀的死难者和张纯如，同时想促进两个国家的对话与沟通。《南京》的公演，在国外场场爆满，引起轰动，在北京却远远不如同期上映的《加勒比海盗》，日本却有人急着拍《南京真相》，否认《南京》所讲述的历史事实。

日本，是个"菊与刀"的民族，恐怕只有深刻体味这种特性，才能赢它的棋。

读《狼图腾》

前些天，想研究一下畅销小说畅销的原因，买了一本《狼图腾》。

前二百页觉得作者的语言有些嫩，故事性也不强。接着读，才看出端倪。作者取胜的不是语言，不是情节，而是关于民族的，关于人与自然的，关于人性的。《狼图腾》是以狼为主线，描写草原，没有爱情，没有性，甚至没有曲折的故事情节，但却通过一个完整的生物链如何在人类手里，一点点毁灭，导致今天沙尘暴肆虐的故事，展现了人与自然的关系、游牧文明与农耕文明的冲突。涉及面广，力度深沉。

生态，是当前全人类不得不关注的问题。但人们更多的是停留在最肤浅、最表面的关注，并未追根溯源。《狼图腾》写人与狼、狼与其他动物、动物与草原，写以毕利格、乌力吉为代表的草原力量与以包顺贵为代表的掠夺草原势力的较量，反映古老的蒙古草原生物链怎样被人类的自私、贪婪和欲望，人类的愚昧与武断，一点一点地破坏掉，最后导致草原沙化，沙尘暴肆虐。

人类必须要有所敬畏。草原人正是敬畏腾格里，敬畏萨满，对大自然赐予人类的水草食物，总是有取有舍，从不斩尽杀绝，保护了草原，草原人才得以千百年来生生不息地繁衍至今。

狼性，是本书写得最成功的，细致真切，非常难忘。狼的凶猛、狡猾、残忍、孤独、悲伤、无奈，狼的团队精神，狼的军事才能与组织分工，在作者笔下真切而自然，让人完完全全地沉浸在狼的世界里。人有人的世界，狼有狼的世界，在生存这一点上，狼与人是平等的。在大自然生物链上，人作为强势者，遵行自然规律，给其他动物、物种留下生存空间，人类才有更好的生存空间。

在《狼图腾》中，人性的自私、贪婪、欲望、虚荣一览无余。"民工队一进来，这片草场的天鹅芍药花就被彻底掘地三尺，斩草除根了。这些连自己家乡都不爱惜的人，到了异地他乡，就更加肆无忌惮地开始掠夺抢劫了"；写绵羊围看狼吃同伴"这场景使他突然想起鲁迅笔下，一些中国愚昧民众伸长脖子，围观日本浪人砍杀中国人的场面，真是一模一样。……狼吃羊固然可恶，但是像绵羊一样自私麻木怯懦的人群更可怕，更令人心灰心碎"。柏杨《丑陋的中国人》并非无中生有，如果彻底放下"自我"去反思，它们的确在，只是不同的人程度不同罢了。

额仑牧场的领导者包顺贵、乌力吉的命运无疑是官场的一个缩影。为政绩，包顺贵不顾毕利格、乌力吉的劝阻，执意杀狼、掏狼崽，将狼斩尽杀绝。看到额仑牧场最后一块处女草场，最美丽的天鹅草场，"包顺贵像发现了大金矿，大声高叫：这真是块风水宝地，翡翠聚宝盆啊，真应该先请军区首长们开着小车来这儿玩几天，打天鹅野鸭子……"看到芍药花，包顺贵也看傻眼了，他惊叫道："这可真是稀罕玩意儿，要是送到城里，该卖多少钱啊？我得先移几棵给军区首长，让他们高兴高兴，老干部不爱钱，可都爱名花。送这花，就送到他们的心坎里了。"挖芍药、杀天鹅……将草场折腾得面目全非，官做得顺风顺水。而懂得草原、懂得狼、耿直优秀的草原领导乌力吉却被处分降职。这位少有的中国狼专家、草原专家就这样被彻底埋没了。官场的黄沙比草原黄沙更可怕，它才是沙尘暴的真正源头。

  从小说的艺术手法上来说，《狼图腾》是稚嫩些，但其对现实的描写与折射，又是许多"成熟"小说不能比拟的。小说艺术固然重要，但小说所包含的现实的、深刻的内容更重要。

"创作"小记

把我的名字与"作家""创作"等字眼联系在一起,我委实有些汗颜。

就我那些短则七八百字,长也不过四千字的小文章,还有那些按诗歌方式排列的文字,我就可以当之无愧地称"作家"了吗?我写的那些东西,只不过是我情感的"排泄"罢了,是难以言之为创作的。

把我发表在报纸杂志上的那几十篇文章细细翻来,无一不是因"情"在胸中郁塞,不得不一吐后快之所为。看到美景,画家可以画下来,摄影家可以拍下来,歌唱家可高歌一曲,粗人也可来一句"他妈的,太美了"。而我,只会画一些花花草草,唱歌又会吓得鸡飞狗跳,粗话又怕影响到我的淑女形象。所以在中学时,每每情在胸中郁塞,我就用拙拙的文字来絮说,写着写着,就成了一种习惯。

用心开始写,那是缘于奶奶的去世。奶奶善良,一生都没与人生过气。但奶奶一生很苦,少年丧父,青年丧偶,老年丧子。

尽管生活给予奶奶是无尽的苦痛，但奶奶没有怨天尤人，默默坚忍地支撑着这个家，直到一个黄昏摔倒在劳作归来的路上，再也没起来。小的时候，一直想等长大了，一定要让奶奶好好地享一点福，没想这却是我永远完不成的心愿。奶奶走后，我拼命想要更多人知道无比善良、无比坚强的奶奶，所以一直写，一直写。1996年，奶奶逝去十周年，《奶奶》一文终于登在《桂林晚报》的副刊上。这是我第一次发表文章。

生之于瑶山，长之于瑶山。纯朴的民风，浓浓的亲情，让我感动的人和事实在太多。所以后来又陆续发表《这样的午后》写父亲，《那一片河滩》写三叔，《美女梓铱》写一岁零七个月的小侄女，《在春天想你》写那个还未恋爱过的"初恋情人"……还有写瑶山改革开放二十年变化的记事散文《灯》《回家的路》等。

在我近三十年的生命里，一直生活在桂林。桂林无处不美，无一处不是可以入画的。瑶山、乡村、城市，各有各的风情，各有各的韵致。这些美景季季变化，年年充盈着我的眼帘，在我心底深处涌动弥漫，以至于不能不诉诸笔端。《关于秋月》写瑶山秋夜月色的美景，《走进古东》写古东瀑布四季的美景，《漓江边的千年古镇》写古香古色具有深厚人文底蕴的大圩古镇，等等。

去年五月调到珠海以来，我一直想写一些关于珠海的文章。因为作为一名在珠海从事文化工作的人员，有责任，也有义务。于是强迫自己去写，结果是半年过去了，一字无成。

一次从外地出差回来，偶然在空中俯瞰到珠海的夜景，只见流光溢彩的灯光如数不尽的珠宝在夜空下熠熠生辉，我很讶异珠海夜景竟然如此之美。下飞机后，出租车沿着滨海的路驶向市区，此时正月明星稀。海天一色，纤尘不染。一切幽美，迷离，空灵……我的心忽而颤跳不止。回到住处，来不及除却身上的尘土，连夜写了《珠海印象》。除此以外，还写了渔女，写渔女是"痴情"的象征，写情侣路"若是和你心爱的人走情侣路，每走一华里，便会牵手一年，只要走完全程，一辈子都会不离不弃"。渔女和情侣路是很多人写过的，但我想我写的是与众不同的。三月初春的一个深夜，忽被窗外噼噼啪啪的雨声惊醒，我担心起窗外那些相伴了许多时日的紫荆花来。初来乍到时，正值紫荆怒放。累了的时候，想家的时候，我常依在窗边，看那一树一树的紫荆花。我没见过还有哪一种花如紫荆般茂盛和顽强，无论秋风扫还是寒风刮，紫荆花总是稳稳当当地挂在枝头，艳丽着这座城市。而今夜，雨急风狂，紫荆花怕是真的要与我作别了。那些孤单无助的时日，若没紫荆花的默默相伴，我怕也早就做了逃兵。想至此，起床挑灯，写了《紫荆花开》。

随着时日的推碾，珠海那灿如云霞、命若昙花的木棉，那如珍珠般撒落在汪汪碧波中两百多个风情各异的岛屿，那一生如断鸿零雁般的文学奇才苏曼殊……无时无刻不在我的心弦上跳动。

我是要写的，尽管那些文字还只是七零八落地搁在心底。若不把它们用一根根的线美妙地串起来，我是睡不安稳的。

而创作，也是要进行的，因为这个栏目在今日已把我称为"作家"，若不赶紧"亡羊补牢"，我只能惭愧一生，终日"破帽遮颜"了！

给××的信（一）

××：

辛苦了！

我的房子拿到了，前段时间一直在广州学习，上周日才抽空去看了一下。房子不大，比较破旧，但挺适用的。我原本打算等去物业拿到平面图，再拍几张照片，让你先帮我看看。如果我觉得有把握，我就自己来画图装修，如果没把握，就等你帮我设计。

在广州学习时，我特意去了天河购书中心，想找找旅游方面的书，居然没有找到一本合适的，我就估摸着在网上买了一些。你写的书，嫂把目录拍给我看了，非常好，非常有新意。你尽管写，我到时找最合适的出版社出版，如果没有更好的选择，我会让×××出版社出版，它是社会科学类最高级别的出版社。

你要的心经解读，我买了中华书局出版的《金刚经·心经》，它是比较权威、学术的版本，而且还与《金刚经》一起，非常好，我买了两本，自己留了一本。《能断：金刚经给你强大》也非常好，作者索达勘吉布是藏传佛教学术地位很高的上师，他的解读也非常好。王阳明的心学与佛学是相通的，解读的这本浅显易懂，为掌握它的全貌，并在领悟的过程中避免偏离，我又买了全集。学诚法师是中国佛教协会会长，他的书也可以读一读。《心经》读久会让人心静，《金刚经》非常智慧，最近我和子墨一起每天读，虽然不到半个月，但我的确感受到强大的智慧，所以有空你每天也读读，可以不出声，舌头动即可。《金刚经》是历代高僧大德极力推崇的一部经，我最近也一边读一边悟，真正感受到它智慧无比。

深呼吸，可以快速地增强人的体质和力量，我把如何深呼吸打印出来给你，你照着每天练习十来次，大概十天半个月就会有成效的。当然，练的次数越多越好。

我一直有个想法，就是可不可以让紫仪来我这边上学。这边的教学条件、人的思想观念更开放些，可能更适合紫仪。她自己也表示愿意，而且她非常懂事，说无论是来还是不来，她都要冲进二附四百五十名。房子户口所在地是北师大附中，在全市排第五位，就在家附近，她住校、住家都非常方便。这个也不急，在明年上半年考试之前办成都是可以的。所以也可以等你回来再商量。

我们现在每年开始发绩效奖，这样我每个月的收入大概在两万多一点，还完房贷，也足够我和紫仪用了。我还可以给别人写东西，赚稿费。所以，你完全不用为经济操心，绝对不要过于节省，能帮人的就帮别人。我如果愿意，也是可以通过写东西挣不少钱的。前些年,我把剩余的时间放在学习上了。现在积累得差不多,完全可以转向了。前段时间接了一本书,但我还在纠结,要不要写,我不想违背良心地去写看起来是正义的东西,稿费八至十万左右。还有一些其他的,考虑到社会意义的问题,我没有接。

一切越来越明朗。保重!

给××的信（二）

××：

　　天气转冷，衣服够吗？被子够吗？如果不够，一定要告诉我们，千万不要怕麻烦。我们希望的是，当你回来，你比以前健康，比以前有活力。我们也是这样去努力的，该去处理事情，就去处理事情，剩下的就是让自己如何更健康、更阳光。爸爸妈妈都很好，前段时间爸爸有点小感冒，现在已经好了。过年的时候我买了小柴胡冲剂放在家里，爸爸也觉得那是最适合他的感冒药。小柴胡，是治感冒最没副作用的药，很适合现在人的体质。

　　你的身体是虚的，是常年超负荷工作的结果。一定要营养与锻炼相结合，要注意保暖。你现在的身体，不适合消耗过多的能量去抵抗风寒。保暖，节省能量，能让自己更快地强壮起来。我每天依然坚持练瑜伽静心，睡前只要练了瑜伽，一觉到天亮，没有梦。偶尔忙着，没有练，便还是睡不好，屡试不爽。所以今年一直坚持，状态越来越好，阳光开朗了好多，身体也强壮多了，以至于已经要考虑如何减肥了。大家都很好，紫仪一直以爸爸为榜样，更加努力地学习，词填得超好，小才女的感觉已经出来了，又特别懂事。你的这段经历，其实是为了让我们成长，只是让你受苦了！但我相信在这苦中，你的收获一定是更多的。

随着学习的深入，我越来越懂得，这个世界是多维的，无数个空间构成整个宇宙，人的世界只是其中一个空间。我们看不见其他维度，就如同蚂蚁看不见我们人类。这个宇宙完全可能有比人类高得很多的各种能量空间存在。我们受苦，就是要让我们去思考、去感悟，往更高层级的能量空间走去。这些苦，也能帮助我们本身的净化。只有净化，我们才能逐步提高能量等级。所以，这一切都是好的，都是在给予我们。当然，这得我们内心是正向的、是积极的，去接受它。反之，又会堕入到黑暗的无明之中。

上半年我在看心理学家荣格的《红书》。荣格是无神理论者，他通过科学的心理试验，一步步体验绝对真理，最后他得出的结论是要把心理学界原有的理论推翻，所以生前他不允许这本《红书》手记出版、不允许外传。他死后，在荣学研究界再三的努力下，荣格的后人才同意出版。《僧侣与哲学家》也是一本非常有意思、非常值得一读的书。作者是一对法国父子，让-弗朗索瓦·何维勒和马修·理查德。这本是由著名话剧导演赖声川翻译。父亲让-弗朗索瓦·何维勒是法兰西学院院士、著名哲学家，儿子马修是生物学博士，在诺贝尔奖导师指引下从事分子生物学最尖端研究。马修的母亲是著名音乐家，舅舅是著名运动员，从小接触各类成功人士。然而，他看到，这些人无论在业界的成就有多么杰出，但人性都不会比普通人的更完美。有一天，他接触了一个藏传佛教的老师，从他身上感受到了人性完美的光辉，这让他生起了跟随那个老师修行的愿望。他的家人，当然不同意。他的父亲说，你先读书，读完博士你再做决定。读完博士，并在美国顶尖的实验室工作两年后，他远赴喜马拉雅山麓跟随那个藏传佛教的老师出家了。二十年后，他的父亲来看他，父与子进行了十天的对话，关于佛学、生命及宇宙万物，就是这本书的内容。这是一本寻求智慧的书，也是一本智慧的书，非常值得我们去读和思考。

我到云南怒江扶贫三个月，现在已经在这一个多月了，还剩一个多月的时间。怒江是傈僳族自治州，这里的确是贫穷，山上还有好多人是住木皮房子的，没有厕所，没有洗澡间，猪也是一根绳子绑在树下喂养。很多孩子不是孤儿却成了孤儿，傈僳族人早婚，又没有登记结婚的概念，男人一旦因为病重或去世，女人就跑了，留下孩子们无依无靠。所以我发起了一个关爱这些孩子的群，两天时间就收到捐款两万，还有一些物品。最近除了工作，就在忙活这些事情。这个世界是有爱的，是人性中一些不好的东西把人性的善良抹杀掉了。但这也是上天给的一块试金石，如果能坚持，我们就会步入到更高层的能量世界，不能坚持，只能堕入到黑暗之中。

我在这一切好，也常给爸妈打电话，你放心。

还有书看吗？还想看哪些内容的书？你自己写的书进展如何？是否还需要再帮你买些参考资料？需要的话，告诉我就好，我在网上买了给你寄去。

祝：安好！

给××的信（三）

××：

你写的信我看到了，世间万事比不过"心安"。每一件事，都是上天在考验我们，只要不放弃努力，一定会有更好的东西等着我们。不经历这些事情，我们不明白世事真相，不懂得什么是菩萨低眉目，什么是金刚怒目。做善良的人没错，但当今人心叵测、社会复杂，对小人讲仁义，对无赖讲规则，没有意义，而且不一定是善行。这一次就是让我们停顿下来，去思考，去明辨，去增长智慧。

最近我也看了不少的书，从佛经、圣经、道德经、瑜伽经到西方哲学、心理学，哲学、心理学只是在物质层面解释事物，佛经、圣经、道德经、瑜伽经都是超越物质层面，从灵性层面去解释，但这几个经典最后都是强调合而为一，人与宇宙（即神）的合而为一，但要达到这样的体验，需要实修，实修有八万四千法门，非常奇妙的论述。我在不停地学习过程中，已感受到这些论述充满智慧。这两年，《道德经》已超过《圣经》，成为世界印刷量最大、发行最广的书籍。《道德经》其博大精深、妙不可述，恐怕还真是经中之王，每天诵读，反复理解，会对自己有非常大的帮助。如果通晓了这部经，世俗之事就困扰不了我们了。嫂帮你买的这几本书都是挺好的，我最近还看了《与神对话》，也是非常好的书，我会再买一套放在家里。

×××出版社王老师看完你的书稿，向总编汇报并开了编委会，也让市场部看了，虽然他们一直做学术类的，但总编、编辑们认为该书既有学术性，又有可读性；市场部认为有市场价值，最后的意见是：此书很值得出。

王老师还给我们提了三点意见：

一是政策方面篇幅再多一些，让相关部门看到这本书具有决策参考价值，如果这点做好，到时他们会将此书送有关部委。

二是建议你考虑出个系列，如旅游与文化、农业、牧业、渔业结合可以各出一本（当然也可以是其他的方式各出一本），把旅游方面的问题说精、说细，这样更突出专业性，也更有较高层面的参考价值（我个人认为，目前还没有人把中国旅游现状、存在问题、对策性建议系统地说清楚，王老师的建议非常好）。

三是书中有很多具体的实名公司与案例，这本书出版后，是对他们的宣传，建议我们向他们收点费用（这点我们到时可以再考虑）。

最后王老师说图书宣传他们会结合新媒体做好，如果做好了，比书本身的影响面更广，让我们放心。

所以接下来，如果你愿意写，就再出个五本六本的。王老师说你既有一定的学术经历，又有很长时间的实战经验，你肯定能做好。

爸爸妈妈他们都挺好的，你不用担心。照片，有时候是光线的问题。我们现在每个人都知道保持心情平静，尽最大的努力去做好自己该做的事。爸爸妈妈知道保持心情平静、确保身体健康，就是对你最大的帮助。妈妈就是心疼你，老说让你受苦了。我们都告诉妈妈，你很好，你在写书，你在锻炼身体，平时操心太多，现在终于万事放下，可以好好休养一下。我们兄妹四个中，你是最孝顺父母的，你不用自责。你只要内心平静、身体好，就是对爸爸妈妈最大的安慰，也是最大的孝顺。

我们现在要做的，就是站起来，平静地去战斗。绝境，只会让我们更积极、更昂扬、更智慧地去面对人生！

祈：顺安！

给××的信（四）

××：

见信好！

从云南回来一周了，人还是恍若隔世。那里是边境，又是直过民族（新中国成立前是原始社会）地区，的确是落后。谷底江边一带州府、县城、乡镇还好，山上村落还住着用树皮夹的房子，也没厕所。回珠之前，我们去福贡、贡山两个县走了一趟，用了四天。雪山深谷，原始森林，风景绝美，但路都在悬崖峭壁。沿此路可以进藏，它的旅游价值无可估量。目前正在修高速路，计划2020年通到州所在地——六库，民用机场也正在修。整个州民风极纯朴，夜不闭户，路不拾遗。

我在工作之余发起了公益关爱活动，去了七所小学，关爱了五百多名孩子，效果非常好，我用你和紫仪的名字各捐了一千元。联系了珠海企业给福利院的孩子、老人们买了衣服，三十九个孩子，八个老人，都非常的阳光可爱。送完东西，都走到大门口了，孩子们还冲过来紧紧抱着我不放。等有空些，我再给他们每个人买一样他们想要的东西。

我非常希望，这些关爱，能在他们心里种下一颗善良的种子。善良的人越来越多，这个社会才有可能越来越好。紫仪、玎珰他们才有更好的生活环境。

关于紫仪读书的事，你的想法是对的。我后来也仔细想了一下，对于孩子，父母的陪伴是最重要的。她现在懂了很多东西，但有一样她没想清楚，就是觉得善良在这个社会没有好的结局，所以我让她去看新电影《无问西东》，她说不想看。我懂她，所以说让她想看的时候再去看。她学艺术也是对的，未来的社会里，物质会更丰富，人将从谋生的状态解脱出来，精神需求会更大。学艺术，既滋养、安妥自己的精神世界，也会更容易在社会中获得别人的认可。而且，她的确有这方面的天赋。春节，我会和她好好聊聊，你放心啊！

你的状态，我非常感佩与高兴。你所遭受的这一切，是想要你明白一些东西，想要你更淡定、更从容，去做更多能利益众生的事。古今中外，哪个圣哲先贤不是九磨十难，承受诸多啊。孔子是，佛陀是，耶稣是，苏格拉底是。

爸爸妈妈非常好，他们世事看得多，久经磨难，你平安健康，他们内心已经非常安慰了。我打算春节休二十天探亲假，早早回，晚点走，好好在家里帮妈妈多干点活。火车票正在抢，但应该没有问题。

二姐经常和嫂带着紫仪、玎珰外出吃吃好吃的，沁箖、何亮、庆勋哥他们也经常回家看望爸爸妈妈，一切都非常好，你安心静养，养好身、养好心。你要的书都买了，你看你还想看哪些，我都帮你买上，回来肯定没那么有时间看书了。

你写的书，我会认真读，读后我再和你交换意见。

天气冷，要注意保暖。有任何需要说便是，不要怕麻烦。

心安，天地宽。

祝：安好！

给××的信（五）

××：

见信好！

我从桂林回到珠海快十天了，一切安好。

春节前，我去了一下紫仪常去的众目书店，想着给你挑几本书。顺便给紫仪存了一千块钱在那，让她在那买书、喝咖啡，她非常开心。节后从山里出来，又去了阳桥的书店，书的种类不多，给你只挑到了几本。美国小说《纸牌屋》写政治的血腥残酷很出名，我想你会有同感。还有一个日本人写的关于设计理论的，感觉比较新，我想也许你会想看看。南怀瑾的《金刚经说什么》，是佛学界比较权威的著作，也易懂，对你理解世间万物会有帮助。《八万四千问》也是佛学界比较有名的书，也可以看看，还有字帖等。看到合适你的，我都买了。二姐说，我买这么多佛学方面的书与你，怕你将来都要去出家了。我说佛学只是让人了解生命的实相，每接近实相一步，我们便能更轻松地去面对人世的磨难与坎坷。不过回头仔细想想，正是这些"磨难"、这些

"坎坷"在帮助我们成长。惰性是人的天性之一，安逸只会让人停止成长，包括物质与灵魂。

家里过年，和往日并没有什么不同，依然人来人往，很热闹。让我们感动的是，贺州小文他们大年二十九夜里九点多赶到山里看望爸爸妈妈，爸爸都已经睡下了。

日常周末明昊回去，也常常来看望爸爸妈妈，春节前捉了河里的鱼，又赶紧给爸妈送来。大姐年前早早就回去了，带着玎珰在家，爸妈一点也不寂寞。爸爸是个很有智慧的人，所以他很淡然安好。这次回去，感觉他的身体比前几年还要好很多，每天雷打不动的早上一锅稀饭，中午油茶，晚上一大碗米饭。这大概有我的一点功劳，原来爸爸老吃穿心莲和各种西药，副作用太大，我便买了小柴胡让他试着吃，每天冲两包。小柴胡对他的症，而且成分除了柴胡，就是党参和生姜，天天吃，都只是对身体好，不会有副作用。我从山里出来那天，正好遇上紫仪感冒，让她吃了小柴胡，并帮她推了背，两天便好了。妈妈现在吃着三七粉，老毛病也好了很多，我从云南特地给她带了三十头的三七粉。妈妈依旧每天忙着种菜喂鸡，你专门拉了管子到菜地，我便让妈妈多在屋边种菜，省得她上上下下地跑。妈妈听话，菜主要都种在屋边的石山下了，省了不少力气。

大年初一，早晨八点不到，刘光友夫妇便来放鞭炮，我们还没开大门呢。马头进也是初一全来了。初二那天，我和嫂从马头进到唐家放了一圈鞭炮，又去廖家放了一圈。廖家四伯伯救过我的命，但我还是第一次到那边。以前要么是爸妈去，要么是你去，我都偷懒了。我还陪着爸爸去了亮周家和心田姑奶奶那，亮周也经常来看望爸爸妈妈，年前专程送了牛肉来，过完年又来了。王底的路通了，我陪着爸爸去全会，看望了张庭国叔叔，还有姑公。棉岭冲近，爸爸说留给他自己走路去。我想也好，让他没事去走走。

老房子虽没弄完，但也被爸爸收拾得干净整齐，看起来很舒服。

我的房子打算先装修里面，院子到时你帮我设计，再重新做。里面我也是简单的，一楼动作大一点，厨房客厅地板重铺，格局做点小调整；二楼基本不动，把卫生间重装一下就可以了；三楼原是主卧，把衣柜拆了做成书柜，卫生间也重装一下。所以工程量不大，估计一个月就能做完了。我现住在北师大王老师夫妇的房子，他们不肯收租金，老住着实在不好意思。所以，赶紧装完，赶紧搬。我那天带了两个朋友去看房子，他们都羡慕我，这么便宜买到这么好的房子。其实，之前每天下班四处看房，前前后后看了五六十套，我也没想到能买到一处这样的房子。房子收拾好，紫仪、玎珰、侯大宝、侯二宝他们都可以随时过来玩了。正月初七，海珠又生了一个男孩。

过年，我和紫仪聊了不少，聊到了未来的世界，精神比物质重要，机器人将会把人从谋生中解放出来，人的精神世界需要更丰富的慰藉，选择未来方向应要从这些方面去考虑，我想对她应该有所帮助。清明回去，我再和她聊聊。她是个心气高，有大追求的女孩子，只适合循循善诱。她非常有悟性，而且心地纯正，偶尔牛脾气,是因为她觉得别人都无法理解她。所以你放心好了,她终究是能成大器的。我倒希望她像她姐姐,满足于世俗的生活。追求精神富足、心灵成长的路,是一条艰辛的路。但好的是,她悟性好,起点高,应该很快就会成为一个智慧的姑娘。

元宵那天,我和丹选了日本料理,正在吃,她爸爸打电话过来,说他转钱给丹买单。我想了想,没有拒绝。我一直在反思,我和大姐都太独立了,把男人弄得感觉自己太没用,而自己又觉得不堪重负。所以,无论如何,自己是有责任的。学会让别人承担,发挥别人的作用,才是真智慧吧,呵呵!

丹丹的这份工作,我没帮她选错,很适合她,把她的潜能调出来了。年底领了一万三千元的奖金,开心地跑去大吃了一顿海鲜再回老家过年。大姐虽没说什么,她应该是满意的。

春天湿气重,你要多注意,尽量减少湿气入内。需要什么就说,千万不要怕麻烦。

祝:安好!

给××的信（六）

××：

你的信我收到了，我会按照你的要求去寻找相关资料，尽快让嫂送给你。

关于书的出版，×××出版社王老师提了相关意见，我写了信给你，不知你是否收到？

她认为书很有价值，不要一次性写完，写一个系列。如果是按系列来写，这本内容要不要调整？

尽人事，听天命。有些事需要我们去磨炼的，那我们就去磨吧！

紫仪内心有些小纠结，但总体很好。前天看她微信，她说听了一些经验人士的意见，决定选川美，合适的才是最好的。我想再帮她保个底，北师大国际传媒学院有2+2（国内两年，国外两年，国外是三十万一年），只需要英语好，性价比高。我先去把情况摸清楚，把相关人找好，到时让她填这个学校。

中元节，我请了两天假回去，爸爸妈妈都挺好的。有个结果，他们内心反而轻松了，觉得吃好睡好等你回来就可以了。就是心疼你，怕你生活清苦，也怕你内心折磨。我想，只要我们用达摩面壁的心情去对待，反而就是修行良机。中秋节，我打算请一天事假，再回去陪陪爸爸妈妈。国庆就要加班了，10月底我们单位换届，材料太多。

钱的事，你也不要担心。我和二姐凑钱给爸妈买的房子我们再卖掉就可以了，物质方面的东西没必要太多，够住够用就好。我这里，因为一直住着别人的房子，所以自己的房必须装修，已经快弄完了。目前一年会紧张一些，等紫仪上大学我就完全能帮到她了。帮我们修老房子的邹老板那，去年年初我已转了二十万给他，具体还需要多少，等你回来，我们再和他结算处理。

丹丹非常能干懂事，我们俩每天都各忙各的，能在一起的时间不多。但有事需要帮忙，她会找我。

最近晚上回家一边做饭一边看倪萍主持的《等着我》节目，多少家庭因为孩子丢失过着生不如死的日子，多少孩子在外饱受折磨。再想想和我们那么亲近的海清哥，死了快三十年了啊，在最美好的年华死在别人的刀下。至今想起，仍是心疼不已，可凶手依然在法外逍遥。前段时间，我还梦见我去看文娘，她还在屋内号啕大哭，王琴走出来，让我晚点再进去。怒江好多孩子是父亲没了或病了，妈妈就改嫁或跑了，我一直在做一对一帮扶，现已帮九十三个贫困孩子联系好了资助人。我也帮你联系了一个叫胡阿才的男孩子，今年上六年级，他们兄妹仨跟着伯父生活，他是老大，成绩好，就是不说话，我在怒江时去看过他几次，听老师说现在开朗了许多。我会继续关注，等稍空些，我再给他寄点书。人间到处是苦难，只是我们平时关注太少而已。相比之下，我们不算什么，只是你要吃一段时间的苦了。

视力方面，多做做眼珠转圈，每天左转三十六次，右转三十六次，会很好的。

你需要东西就一定要说哈，不要怕麻烦。我们只要保持内心平静，保证身体健康，一切都会更好！

祝：安！

给××的信（七）

××：

　　见信好！

　　年前我提前了一周回去，初六回的珠海。搬房子，太多事，再加上提前回家，工作积下了，一直忙，都没顾上给你回信。

　　昨天打电话给妈妈，妈妈正忙着做饭，爸爸在屋后挑排水沟的落叶。妈妈说爸爸这段时间吃得做得，天天在外忙活。大姐二姐只要有空，便回山里。这个年回去，大姐人也特别精神。紫仪虽有些困惑，你的信写得非常好，对她会有很大的帮助。她是个有志气有理想的姑娘，早些经历困惑与磨难，百益而无一害。紫仪很懂事，拜年这种应酬事，一说她是代表爸爸的，马上就去了，还负责放鞭炮，与人打交道很礼貌，很大家闺秀。玎珰上学了，每天吵得飞起来，但他很守规矩，和他说定的事情，他能遵守。他有时候还拉屎在裤子，我们判断他是懒的原因，便和他说好，再拉屎在裤子，二十四小时之内不能碰手机。没有手机，百无聊赖，但他还是能做到，这一点非常棒。丹丹也非常优秀，做杂志的撰稿人兼做微信公众号，还经常有人找她做公众号、封面设计等，每天都忙不过来。我告诉她纯粹赚钱的就不要接了，对自己有提升、帮助的可以接一点。去年还领了不少的年终奖，所以过年给外婆包了大红包。我也忙，她也忙，平时少聚，元宵那天她去我那吃了晚饭。我现在非常好，安顿下来，慢慢再把一些不急用，但又必需的东西置齐，方便假期家里那些老的、小的都来这边玩玩。

紫仪外公外婆也一起来山里过年了，那几天天气暖和，他们俩没事到处走走，也非常开心。

我的事，想等你回来再和妈妈说。如果现在说，妈妈会想很多，毕竟她是个老人，再通情达理，面对这种事情，还是会难受的。再说，我这两年特别注意身体，也是想把身体养得好好的，看到我比之前好，妈妈内心也会释然很多。对我自己而言，这件事对我就是个大解脱，经济、情感上都得到了极大解脱。可能别人会说，老了就孤单了。我是个喜欢孤独的人，结这个婚，也就是满足一下大家的心愿。我的性格我很清楚，保护自己最好的方式，是独身。现在想起，感觉那已经是上辈子的事了。我现在的房子虽然在镇上，离上班比较远，我把内部重新装修了以后，虽然没有你的品位那么高，但简单、适用、舒服，我非常喜欢。而且，这种户型，人家去年再买的，已是四百五十万了，等于我又赚了一百多万。当初卖海湾花园那个房子，也非常顺利，在最高点出了，买房子的人是朋友介绍的，中介费也省了。

我要调新单位的，调令估计这几天要到了。新单位的工作适合我，再一个应该比这边会轻松点、自由点，我也可以多点时间回山里陪一下爸爸妈妈。

你的书，我已经和出版社说好了的。等改定稿一出来，我打算去北京一趟，听听他们的修改意见，并看看如何把这个书做得更好些。这些你都放心交给我吧！

家中一切都好，我们唯一挂念的就是你，你要照顾好自己，要把自己的身心照顾得棒棒的！！

祝：安好！

给××的信（八）

××：

今天是你的生日，祝你新的一岁里顺顺利利！！

最近珠海连日暴雨，学校已停课两天了。昨天给妈妈打电话，还好，家里没有下大雨。

你的书，为了出好来，已与出版社初步约定，作为学术畅销书来出，明年上半年出。今年，时间紧迫，没有好的策划就出版，怕浪费这本书了。清华大学出版社第一次没过，与我联系的是个小姑娘，我怕她是敷衍我，所以我再托人，看看能不能把稿子直接给到社领导。从出版社来说，xxx出版社是比较可靠的，我和王老师十年前合作过，虽然从未见过面，但合作非常愉快。她也是个简单的人，只想把事做好，不需要其他世俗的客套，我们俩经常是一句客气话都没有，但都会把对方关于工作方面的要求及时落到实处。所以如果清华那边没有特别好的条件，我就还是让这个出版社出。因为出版行业也是林林总总，有些是收钱的，出个几百本送给作者就算了，这个我们肯定不要，没有意义。王老师说这本书很有市场价值，还说出版后要送给部委办局，各大书店、网上都要有。

我已到新单位上班，主要负责整个的宣传、信息、材料，对我来说不难。刚来，将工作会忙些。等顺了，就轻松了。我已买了端午节的票，准备回家。

我之前团委的一个同事，人大毕业，很有才华，为人又善良，已经是正处级干部，自杀了。关于他的自杀，各种说法都有，当然，现在的人心大部分都是用恶意去揣度的。所以，人只有活着，长久地活着，才有为自己自证清白的机会，才有机会看到历史终究会走向新的一页。

光友哥在山上做事，被树木砸了，现在人事不省地躺在医院的重症监护室里。我打电话给立芳姐，她说她想不通。是啊，夫妻俩又勤劳又善良，先是女儿心脏病，立芳姐子宫摘除，现在光友哥又出事。好在医生说手术很成功，但愿他能早点醒过来。

前两日和丹丹约着吃了个晚饭，虽然我们现在上班的地离得很近，但也是各忙各的，见面并不多。她现在熟人价五毛钱一个字了，所以每天都在忙着赶稿子。除了杂志社的，还在外面接了一些。

二姐、大姐经常回山里。二姐周末有空，也总会叫上嫂和紫仪、何旭在家吃饭，或去外面吃。玎珰已长得像个小牛犊了，就是不爱看书学习。家里一切好，不用挂念。你要照顾好自己的身体与心情，这两样好，前面就是平坦的大道，没有任何东西能困住你的。

祈：顺安！

给××的信（九）

××：

见信好！

因为疫情，春节我没回家，清明快到，才休了探亲假回到桂林。你能打电话了，家中情况你能知晓，所以就没给你写信了。昨天听二姐、嫂说她们也很久没有与你联系了，今天赶紧给你写信，免你挂念。

家中一切安好。今晚二姐、嫂、紫仪我们会一起吃饭，因紫仪只有一个半小时的时间，我们在她上课的附近吃，让她从容些。紫仪正在全力准备考试，最近在补文化课，前段时间嫂陪她去了杭州、广州参加艺考，清明那几天还要去南京参加艺考。紫仪说每天感觉时间不够用，说明她的学习状态不错。在广州艺考时，原计划我也去的，但朋友约了很久的吃饭，恰好约在那天晚上，我打算第二天再去，后来嫂说紫仪考一天，中午没时间，下午考完马上回桂林，我便没去广州。

昨天去了灵川，看了一下娘娘、二叔、四婶，他们都还不错，他们都非常惦记你，我说你的状态很好，请他们不要担心。庆勋哥、何亮、振国、小余他们也经常回山里看爸爸妈妈，需要修修补补的活，他们都做好了。

二姐公司状况不错，收入不错，人也比较自由，有时间去做做健身运动了，身体比以前好很多。玎珰依然是个聪明快乐黏人的小暖男，就是做作业、写字有些马虎，稍做纠正就好。爸爸妈妈也很好，前几天，有棵大的米珠树枯了，爸爸把它弄下来，劈成柴火，他以为自己还年轻，又从早干到晚，结果血压有点高，休息了一天就好了。妈妈心血管的老毛病，一直吃着脑心通，效果很好，大舅舅现在也吃这个药了。这是中成药，活血通血管通筋络，副作用小。

大姐还在上班，但相对以前轻松些，她经常回山里，家里所需用品也都是她买并送回去。丹丹很努力，最近有望当个小领导了。你的书，图片的事由她在与出版社沟通。因书号迟迟未下，所以迟迟未能定版。出版社的编辑说文稿质量很高，他们不需要做什么修改，等书号下来就能定版。

我这里，刚刚任命了新科长，我是协管科里的工作，再怎么忙也是有限的，所以我的工作也有望轻松了。

我们都在努力做好自己应该做的事，我们都在越来越好，我们都会以最好的状态迎接你的回来！所以，请你放心并务必保重好自己的身体！

二姐说大傻哥、乾科叔、小杨、黄大哥他们也经常问什么时候可以去看你。我不在家，但经常听说有你的一些朋友去山里看爸爸妈妈。大家都非常惦记你,所以请你务必保重好自己!

我明天回山里,过完清明再回珠海。

祈:安!

附录：组诗三十首

树上站着一只长尾巴雀

树上站着一只长尾巴雀，灰白麻花
我望着它，这么近，它并不害怕地飞走
我在等人挪车
我们就这么守望着，仿若一对百年恋人
已无话可说。但又不舍远离
白色的蝴蝶飞过草丛
回家吗？它的家在围墙边的花树上吗？
一枚黄叶落下。枝头的绿叶没有悲伤
一只黑蝴蝶从远方扇着翅膀
飞进车窗，停留在我的书上
长尾巴雀在啄弄着它的羽毛。时光渐至中午

月光缓缓流淌

月光缓缓流淌
高黎贡山在黑夜中冗长
打算风干的牛肉
死去多年的猪腿
锁在了卷闸门的后边
人类的残忍终于暂时收藏
街上只剩月光

月光缓缓流淌
尘土安静,露水在草尖冥想
楼下的谎言睡了
围墙里的谎言睡了
山坡上的谎言睡了
怒江,开始浅吟低唱
浅吟低唱
古老的忧伤,流向远方

月光缓缓流淌
大海泛起粼粼的波光
儒艮酣睡在红色的珊瑚旁

我的梦里

是红海的寂寞与苍凉

独龙族女孩眼里的泪光

六字真言

也未能与我一袭清凉

北风

北风一刮,气温陡降

用一杯热茶去抵御

如同用一支点燃的白宽三五,抵御冬日荒凉

海芋枯萎

月光穿透了树林

柿子树秃着它黑色的枝丫

枯坐在冷风中

石山被树根盘桓,嶙峋瘦骨

松树如一个上了年纪的女子,枝头稀疏

松针铺了一地

再也无人捡起收藏

星空寥落

远山寂寞

再煮一壶。喝茶

盛夏,会在盛夏的季节来临

清晨

早上推开门,才看见
昨夜下了一场大雨
我不知道
有没有春雷滚过
我只是在梦里
得到了一串蒸熟的葡萄
一大筐流言

蝴蝶在我的面前转圈
我爱的茶花,萎谢在围栏下面
围墙外边,青蛙远远地叫着
我的池塘
已游弋着一个聒噪的夏天
月季没有开

午夜之门落在我的蒲团上
绿色的遮阳棚终于沉默
谁能任性得过时光
誓言的温度还停留在唇上
新欢的枝叶已经开始芬芳

清晨总是来

午后

阳光没有在午后如约而来
黄葛树枝把灰色的天空切成了碎片
枫叶憋了一个秋半个冬依然半青半红
掩面低垂
风来了，也不出声
一只白色的野猫从我身边蹿过
纵身往外跳下围墙的瞬间回头看了我一眼

爆炸的煤气从我的腹部蹿过

爆炸的煤气从我的腹部蹿过
毛衣焦了，轻轻一碰就碎成了沫子
妈妈惊叫着从客厅冲进来
我皱了皱眉说没事便上了楼
我的泪一滴一滴往下落
腹部有一条很长很长的伤口
抹上药、任何药都不能缓解它给我的疼痛
为不触碰到它让我更疼
我换上裙子下了楼

妈妈已用电磁炉将剩下的菜炒好

第二天我去了医院

清洗伤口打针消炎抹药,日复一日

它溃烂着不愈合

我用了中药用了草药用了瑜伽意念用了花娘婆的神仙水

它溃烂着不愈合

春夏秋冬过了又过

没有人知道我的腹部有一条溃烂的伤口

妈妈也不知道

那一个叫查海生的人

他说从明天起,做一个幸福的人

劈柴,喂马,周游世界

他说姐姐,今夜我不关心人类

我只想你

他说万人都要将火熄灭,我一人独将此火高高举起

他说我两手空空,悲痛时握不住一颗泪滴

他在九月目睹众神死亡

众神已经死亡

他把石头的还给石头

让胜利的胜利

他朝山海关走去

他朝轰隆隆的铁轨走去
他被黄昏的众神抬入不朽的太阳
人类仍在继续着人类的杀戮
粮食和蔬菜也加入了队伍

午夜

我一个人散步在湿漉漉的街头
晕黄的路灯,把我的影子拉长
拉长
我不敢回头
鬼魂们在追赶嬉闹着它

啪
一朵木棉花掉在脚下
惊得我停下了脚步
街道
真的睡了
海潮
一浪高过一浪

我依然孤独地往前走
栀子花奇怪的味道

在夜空里漂浮
我弯下腰
忍不住亲吻了她
洁白温柔

一月西餐厅

一月西餐厅
桌布，是酒红的
厚厚的棉袍，没有风
我还是冷
牛扒，没有烧暖我的胃
白兰地也没有

阳光，穿过百叶窗
落在台阶上
脚步总是去弄乱它
没有时间沉静和幽远

红色的月季放到了桌面
走啊
薄薄的希冀
也不过是那一夜昙花的美

冰的绝望，才是永恒

秋水

秋水，挂在云端
风，摇落淡淡烟味的唇
西天那抹锈红
哀怨西沉

水面枯荷
写着秋的残景
碧绿已成往事
晚开的一枝荷花
寂寞孤零

月亮挂在松枝上
宝塔上的风铃
摇乱了傍晚诵经的声

雪山

我已经冰凉、沉睡了一千个世纪
直到那夜

你穿过我的喉咙

刺破我的心脏

大地，湿了

洇出丰茂的草原

遍地的紫色

是勿忘我

羚羊，四处奔跑

汩汩的雪水

流向星星的海洋

我要关住

山巅那缕寂寞的月光

放牧的孩子

在水的夜里放声歌唱

惊落了

千年的月亮

沉香

我默然

在沉香的暗昧里

阿赖耶识在梆梆作响

我要寻找琉璃世界天青色的光
洗净千劫万世的情殇

八廓街上
仓央嘉措在流浪
人群来来往往
那一滴闭关的泪
不知消失在哪一粒尘土之上

古老的巨轮
在风雨中飘摇
破旧的风帆
如何御住那风的魔王
水手们
沉浸在华天盛宴的微光
白蚁的晚餐已是最后一场

世上最锋芒的宝剑
也挑不破那皇帝的新装
慈悲的观音扬起了柳枝
迦叶依然
破颜微笑在释迦牟尼的身旁

秋天

秋天
在炎热的夏末怀胎。在寒风渐起的晨昏死亡
我用我的一生去爱它。热烈。近乎完美
积蓄了一生的能量在燃烧
漫山都是红透的树叶呀。枫树。乌桕。黄栌
寒霜满天。寺庙钟声。月落乌啼
我要走了
我以为秋天会随我一起。我们去另一个世界永生
它微微扬手。秋风吹过。我坠落
我只是秋天的一个秋天

站台

驶出站台
往北
阳光时明时暗
恹恹落在湿漉漉的大地上
成片的高楼、厂房往后退
青草泛黄
鱼塘冒着浑浊的泡

广州南
一张张漠然的面孔
从四面八方涌来
又朝四面八方散去

车厢里
一个孩子在赤脚奔跑
沉默，在脚掌落下时裂开
又在另一只脚掌落下前合拢
下一站：恭城
我赶在波罗的海燃烧之前
拥抱须臾的幸福

这个叫阔时节的年

老板、老板娘回家杀猪了
楼下五金店的女人和她的孩子回家杀猪了
搞卫生的阿姨被染着红头发的侄子接走
回家杀猪了
2018 年 1 月 2 日
山上樱花在开，粉色、桃红色
行走在悬崖陡坡

傈僳族过年,他们叫阔时节
我的同事们被盛情地请上了他们的车
微信上,一个同事
正摁住那头垂死挣扎的黑猪的大腿
高老庄只剩下我一人
我轻轻地把大门掩上,把房门掩上
Bluse,在房间慵懒游荡

惊蛰的黄昏

高楼隐没在浓浓的雾里
玻璃下着雨
窗外的木棉树树干——冒着几丛新绿
"天鸽"掠过,它没了枝枝杈杈
大海和它的岛屿沉没在雾里
长长的跨海大桥沉没在雾里
高高耸立的观光塔沉没在雾里
那个举世闻名的赌场沉没在雾里
雾与夜开始交媾
月亮沉没
星星沉没
伟大沉没
著名沉没

辉煌沉没

沉没

惊蛰的黄昏,没有雷声

山间

山间那么苍老

那么美好

鸟儿叫来了黎明

露水,带着前世的温度

空气盛着奶油的香

太阳灼烧了脸颊

银杏的叶子有些泛黄

松针铺了一地

山峦依然叠荡

青烟暖暖,在土坯泥房

经筒,转啊转

影子斜斜地躺在地上

山尖尖

茶毗的火焰

烧成了莲花的样

东山的月亮
进了窗
照在奶奶的嫁奁——箱笼上
外公哄我剥玉米讲的故事
还在月光里晃荡

黄昏

黄酒，煮在
黄昏的炉子上
老了岁月
淡了时光

岁月这条长河
将我们蹉跎
嫩芽，转眼满脸皱褶

晚风，吹凉了
炽热的秋波
织女
还在守着那条河

此后

此后的夜晚由星星陪我
幽暗的光里有你远去的背影
放下绳索
挤压伤口,流尽血污
还我肌肤的白色

此后的冬天由冰凌陪我
孤寒不眠
是生命的底色
放下瓶子
冻疮,烂就烂吧
疼痛能忘记寂寞

此后的时光由岁月陪我
人生是一列慢车
沉闷焦灼
放下刀子
看紫色的野菊被车轮辗破
辗就辗吧,它迟早要凋落

恐惧

恐惧清晨的那一缕光
撕破黑夜织了一晚的寂静安宁
恐惧它们从沉睡中醒来
满嘴谎言
口蜜腹剑
抢夺看得见的和看不见的
恐惧白日的躁动与喧嚣
把街角那些老木棉锯得七零八落
恐惧上帝
我恐惧着上帝的恐惧

在秘密和谎言堆积的山头

在秘密和谎言堆积的山头
索尔仁尼琴铺开长卷
可是,他的胳膊抬不起来
手也抬不起来
手指不听使唤
他试着说出来
让听见的人听见

让看见的人看见

让懂得的人懂得

一只巨手捏住了他的咽喉

它们左冲右撞　左撞右冲

它们终于沉寂

陈尸在索尔仁尼琴日渐衰老的身体上

沉默

高山沉默

大地沉默

古老的屋脊沉默

高高的木棉沉默

漫天飞雪沉默

狂风暴雨沉默

真理沉默

良知沉默

我要停车，去海边走走

我要停车，去海边走走

吹一吹海风

想想那个爱我的姑娘，眼睛是否还如秋水

水乘着风　飞过一道一道的山岭

在这样的海边

濡湿着我的裤腿

我要停车，去海边走走

听一听海

爱我的姑娘，清澈透明的声音

是否沿着溪流辗转而来

在我脚下的这片大海，细细地说我想你

月亮抚摸着我

爱我的姑娘　游荡在海底

海马拽着她的长裙

鲨鱼把她含在嘴里

蚌贝把珍珠取来给她带上

她要

她要和儒艮举行婚礼

木棉

木棉

从一月到四月

在长满青苔的老屋顶

在街角，在工地

在浓雾深沉的海边

沉默地开着

鸟在枝头，啄食着它的花蜜果腹

它沉默地开着

工地机器轰鸣，尘土肆意飞扬

它沉默地开着

街道车辆喧嚣，行人来来往往

它沉默地开着

巨大的天空下

木棉

沉默地开着

我是我的王

我是我的王

我是我的后

我是我的子民

我不爱世人，也不爱爱情

兀自行走。天地空空

宇宙空空

冬阳暖暖地照着门窗

冬阳暖暖地照着门窗
那个坐在栏杆彻夜弹着吉他的少年
你现在怎么样
我走在岁月崎岖的路上
常常想起你的哀怨与忧伤

春雨走过屋旁芭蕉
山上的杜鹃照红了星星与月亮
倚着自行车的你
多么渴望我坐在你的车上
我用冷漠给你划了无数的伤

山风微凉地拂着脸庞
时光在我的心上雕刻着悲伤
我已白发成霜
在空荡的宇宙孤独地流浪
我仍然不能温柔地抚摸你的忧伤

亲爱的姑娘

你的嘴角,挂着微笑
一弯新月的模样
眼帘后面却藏着悲伤
大漠一样苍凉,流云般凄怆
啊,亲爱的姑娘
我想为你剪除悲凉的翅膀
可我不能靠近你身旁

你的唇,抹了唇彩
泛着淡淡的霞光
你的脸,扫了胭脂
那是雪上燕国的影像
啊,亲爱的姑娘
我想用松绿为你补上梅妆
可我不能靠近你身旁

你的心房,扑扑乱跳
左边跳着甜蜜,右边跳着忧伤
啊,亲爱的姑娘
我想摘下你的右心房

用甘露洗净，再往里灌满蜜糖
可我不能靠近你身旁

轻盈的未必轻盈

轻盈的未必轻盈
沉重的未必沉重
恒久的未必恒久
短暂的未必短暂

众神在荒野中生
众神在荒野中死
众神在荒野中杀戮

广阔的土地堆集着村庄与坟墓
天空悠长
山峦沉寂

一朵花

门口的树
只开了一朵花
寒风中，艳丽而恣肆

我忍不住再三抬头仰望

那一朵花

在风中舞动

独孤而不孤独

一朵花的世界

正适合自由的舞步

窗外

墨汁已经过期了

墨沉了底

水浮了上来

颜料也已经过期

五颜六色都僵硬在躯壳里

毛笔溃散,如一久病老妇的头发

不忍目睹

即便是未开的新笔

也是一副要坏掉的样子

窗外

枇杷果已经开始泛黄

黄葛的枝枝丫丫

挂满了绿叶

荔枝树上

细细的果子已成串成串密密地缀着

蜜蜂还在嘤嘤嗡嗡地忙碌

它们不容任何

一朵花

落下

噫

快开窗呀

别再把春天关在门外